Nachkriegserzählungen

Klaus Köppen

Impressum:

© 2014 Klaus Köppen
Lektorat: Dorothee Leipoldt
Umschlaggestaltung und Satz:
Angelika Fleckenstein; spotsrock.de
Abbildung Buchumschlag: © Klaus Köppen

Verlag: tredition GmbH, Hamburg
Printed in Germany
ISBN: 978-3-8495-7894-7

Klaus Köppen

Nachkriegserzählungen

Inhaltsverzeichnis

Armutstage
1934 bis 1944

Auf unserem Hof roch es nach Kühen und Schweinen. Hühner gackerten und Tauben gurrten. Vor unserem Haus wehte eine große Fahne mit dem Hakenkreuz. Die Maikäfer hießen Müller, Schornsteinfeger und König und krabbelten in unseren Hemden herum. So war die Welt. Man roch und hörte sie, man sah und fühlte sie. Alles schien normal. Man war eben in diese Zeit hineingeboren, daran war nichts zu ändern. Zehn Jahre dauerte meine relativ normale Kindheit. Ich war vier Jahre alt, als mein erster Bruder geboren wurde. Danach kam unser Jüngster zur Welt. Wir waren also drei.

Der Vater war zehn Jahre jünger als die Mutter. Er war ein stattlicher Mann und kein Kostverächter, was Frauen betraf. Der Viehhandel brachte so viel ein, dass auch in den Kriegsjahren keine Not herrschte. Im Gegenteil: Auf unserem Hof gab es neben den Saisonkräften während der Ernte einen Kutscher, ein Hausmädchen und von Zeit zu Zeit eine Waschfrau. Während der Vater mit dem Viehhandel und der Landwirtschaft beschäftigt war, bemühte sich unsere Mutter um die Buchführung und vor allem um das Wohl der drei Kinder. Sie fand aber auch noch Zeit zum Klavierspielen und schrieb Gedichte. Sie sprach fließend Englisch und Französisch und unterschied sich dadurch von allen mir bekannten Verwandten.

In der Regel erinnert sich der Mensch an Ereignisse aus früherer Kindheit nur, wenn diese besonderen Eindruck auf ihn machten. Mit ungefähr drei Jahren vollbrachte ich eine antifaschistische Großtat – zumindest könnte sie aus heutiger Sicht als solche gelten. Mein Vater, ein noch junger Mann, war wie viele seiner Altersgenossen Mitglied der Hitlerpartei. Sein SA-Helm hing meistens an dem Hirschgeweih, das uns als Garderobenhaken diente. Doch am jenem Tag war die braune Kopfbedeckung wohl heruntergefallen. Ich verspürte ein menschliches Bedürfnis. Da aber kein Nachttopf zu finden war, kam mir besagter Helm gerade recht. Ich war erleichtert, und mein Vater hat die Kopfbedeckung von da an nie mehr getragen.

Der Krieg war da. Die Erwachsenen lauschten gespannt den Nachrichten aus dem Radio, einige tuschelten und taten sehr geheimnisvoll. In dieser Zeit sah ich auch fremde Soldaten– gefangene Franzosen. Sie waren im nahe gelegenen Seebad eingesperrt. So nannten wir das damals als Gefangenenlager genutzte Gebäude vor dem Landratsamt. Von dort aus wurden einige täglich unter Bewachung zu den verschiedensten Arbeiten geführt. Manche arbeiteten im Sägewerk, andere in der Landwirtschaft. Ein Gefangener – er hieß Tino – wurde jeden Morgen zu uns gebracht, am Tag waren meine Eltern für ihn verantwortlich. Tino half uns auf dem Hof und im Stall. Er war ein freundlicher junger Mann, der Kinder liebte. Da meine Mutter sich mit ihm in seiner Heimatsprache unterhalten konnte und er auch sonst in unserer Familie nicht wie ein Feind, sondern eher wie ein Familienmitglied behandelt wurde, fühlte er sich wohl bei uns. Nur wenn am Abend der Wachmann kam, um ihn zurück zum Lager zu bringen, musste er den Tisch im Zimmer verlassen, denn es war uns verboten, gemeinsam mit ihm zu essen. Am Kriegsende dankte uns Tino unsere Herzlichkeit auf seine Weise. Aber das ist eine andere Geschichte.

1943 zogen immer häufiger lange Kolonnen von Gefangenen am Haus vorbei. Es waren russische Soldaten. Zerlumpt, mit Fußlappen oder Holzschuhen, schleppten sie sich unter Bewachung die Straße entlang. Am 6. März 1944 erreichte der Krieg auch unsere Stadt. Vorher kamen Trauerbriefe von der Front. Einige meiner Cousins waren gefallen. Sie waren alle noch keine 25 Jahre alt.

Der 6. März 1944. Wenn man heute durch unser Templin geht, erinnert kaum noch etwas an diesen furchtbaren Tag. Viele der Menschen, welche an jenem Tag Augenzeugen des Grauens wurden, leben heute nicht mehr. Viele Jahre sind seitdem vergangen, aber unsere Kinder und Enkel müssen davon erfahren. Das Geschehene soll nie vergessen werden und auch darum will ich versuchen, meine ganz persönlichen Erlebnisse und Erinnerungen aufzuschreiben.

Der 6. März 1944 war schon fast 12 Stunden alt. Ein herrlicher blauer Himmel spannte sich über unser Städtchen, die Sonne lockte das zarte Grün der Frühblüher aus der feuchten Erde und die ganze Welt schien glücklich und froh, weil der Frühling den Winter besiegt hatte. In der Schule sollte die letzte Stunde beginnen. In unserer Klasse stand eine Mathearbeit an und als die Sirenen Fliegeralarm heulten, freuten wir uns, denn die Mathestunde fiel aus und wir mussten in den Luftschutzkeller. Da wir in der letzten Zeit fast täglich einmal Alarm hatten, wenn die amerikanischen Bomber Berlin anflogen, waren wir daran gewöhnt. Keiner nahm diesen Alarm ernst, war doch bis dahin noch nie etwas passiert. Wenn wir nicht in der Schule waren, standen wir vor den Häusern und verfolgten mit den Augen die tief brummenden, grauen Punkte am Himmel. Nun waren wir im Schulkeller und machten Späße. Eine 25er Glühbirne spendete kümmerliches Licht, denn die Fenster waren von außen mit Sandsäcken und Brettern, die als Schutz gegen Splitter dienten, abgedichtet. Plötzlich wurde unser lustiges Treiben durch ein furchtbares Krachen übertönt. Fensterglas und Holz splitterten. Putz fiel von der Decke. Die Verkleidung der Fenster wurde durch eine unsichtbare Gewalt in den Keller geschleudert. Die Lampe war erloschen und Staub kroch in unsere Lungen. Nach dem ersten Schock wenige Sekunden Stille, dann husteten wir los. Einige waren leicht verletzt. Viele begannen zu weinen und zu schreien. Nur langsam legte sich der Mörtelstaub, das Tageslicht kroch durch die Fensteröffnungen und brachte den Geruch von Rauch mit herein. Hastige Schritte auf der Straße, Rufe und Geschrei drangen von draußen zu uns, in das Kellergewölbe der heutigen Goetheschule.

Nach fast einer Stunde ungewissen Wartens kam ein Feuerwehrmann in den Keller und erlaubte den Lehrern, uns gehen zu lassen. Die Sirenen waren zerstört und die Entwarnung konnte nicht erfolgen. Wir rannten los. Schnell nach Hause. War die Familie noch am Leben? Wohin waren die Bomben gefallen? Über dem Ratsteich lag eine schwarze Rauchwolke, in der Arnimstraße brannte es noch, hoch leckten die Flammen in den blauen Frühlingshimmel. Dort, wo das Feuer war, konnte unser Haus sein. Als ich keuchend den Berg am Strandgarten erreicht hatte, sah ich, wie Luftschutzhelfer verstümmelte Leichen auf Tragbahren zum Prenzlauer Tor schleppten. Wie in einem Rausch nahm ich das Furchtbare wahr. Hinter dem Sägewerk brannten der Asphalt und das Seebad. Ich durchbrach die Menschenkette und rannte, die Mütze vor Mund und Nase gepresst, durch den beißenden Rauch. Keuchend und völlig am Ende meiner Kräfte, stand ich vor unserem Haus. Es hatte kein Dach mehr, sämtliche Fenster und Türen fehlten, breite Risse zogen sich durch die Mauern, aber es stand noch. Den Hof bedeckte eine dicke Erdmasse, gespickt mit Pflastersteinen aus der Umgebung. Ein alter Apfelbaum vom Nachbargrundstück lag entwurzelt und zerfetzt obenauf. Ich schrie: „Mutti, Mutti, Walter, Jochen!" Die Wohnung war leer. Die Deckenlampen waren aus ihren Halterungen gerissen und mit dem Deckenputz auf den Fußboden gestürzt. Aus dem Keller hörte ich Rufe; in meiner Eile fiel ich fast die steile Kellertreppe hinunter. Alle waren am Leben, glücklich und weinend schlossen wir uns in die Arme.

Vater war nicht zu Hause gewesen; er war mit dem Viehwagen über Land. Als er zurückkam, wunderte er sich über die aufgerissenen Straßen am Wasserturm. Es gab viele Bombentrichter. Nur zehn Meter von unserem Haus entfernt waren einige Bomben detoniert und hatten riesige Krater in den Boden gerissen. Einige Häuser in der Nachbarschaft waren dem Erdboden gleichgemacht, das überbelegte Krankenhaus war, bis auf einen kleinen Seitenflügel, völlig zerstört worden. In wenigen Minuten waren einige hundert Menschen umgekommen. Nach diesem Luftangriff musste ein neuer Friedhof angelegt werden; damals entstand der Waldfriedhof in der Röddeliner Straße. Schlichte Holzkreuze geben heute noch Auskunft über die Opfer, aber nicht auf jedem Kreuz steht ein Name, denn viele der Leichen konnten nicht mehr identifiziert werden.

Der Krieg hatte uns also endgültig erreicht und im letzten Kriegsjahr war an geregelten Unterricht nicht mehr zu denken. Nach dem 6. März 1944 häuften sich die Luftangriffe der Amerikaner. Wir liefen jetzt bei jedem Alarm sofort in die Keller. Bomben fielen aber nicht mehr auf Templin. Erst kurz vor Kriegsende kam es zu großen Zerstörungen. Im Januar 1945 zogen immer wieder Gefangene durch unsere Stadt. In Lumpen gehüllt, schlurften sie, von SS-Leuten bewacht, mit ihren Holzschuhen über das Straßenpflaster. Es waren völlig entkräftete und gequälte Menschen. Kleine Gruppen von ihnen wurden auch bei uns zum Bau von sinnlosen Panzersperren und Panzergräben eingesetzt.

Als Kinder schlichen wir uns an den Bahndamm, wo russische Gefangene Panzergräben schippten. Wir brachten ihnen heimlich Kartoffeln und Brot und sie gaben uns geschnitztes Spielzeug dafür. Aber das alles musste so geschehen, dass die Wachposten nichts bemerkten. Auch nach dem 6. März gab es noch große Siegespläne der Machthaber. So wurde die Jugend weiterhin missbraucht und die Zehn- bis Vierzehnjährigen, die „Pimpfe", sollten jetzt den Endsieg erringen. Den Lebenslauf von Adolf Hitler konnten wir im Schlaf aufsagen. Guten Tag oder guten Morgen gab es nicht, nur ‚Heil Hitler'. Mit dem gestreckten Arm und den zusammengeschlagenen Hacken galten wir nicht nur in der Schule als groß, sondern auch beim Einkauf in den Geschäften. Wir sollten sein, wie der Führer es befahl: zäh wie Leder, hart wie Kruppstahl und flink wie die Windhunde. Dazu kam der Dienst am Eichwerder unter den Linden. Dort, wo heute der Tennisplatz und der Sportplatz der Goetheschule sind, war der Schutt vom Angriff aufgeschichtet. Auch das Seeufer war mit den Trümmern des ehemaligen Krankenhauses aufgefüllt. Hier war unser Stellplatz. Dort wurde marschiert und geschliffen, über den Schutt, Marsch, Marsch! Hinlegen, auf, Marsch, Marsch! Brutale Geländespiele und Gewaltmärsche nahmen hier ihren Anfang. Einige von uns mussten auch beim Bau von Panzersperren und beim Schippen von Gräben helfen. Der Volkssturm war die letzte Reserve: Alte, Kranke und Jugendliche sollten das Reich verteidigen. Auch unser Lkw, ein Opel Blitz, wurde konfisziert und als Transporter für die Front eingezogen.

Die Begegnung

Unablässig strömten in den letzten Kriegstagen Flüchtlingstrecks an unserem Haus vorbei. Der Schlachtenlärm aus dem Osten war schon zu hören, als auch unsere Eltern Panik ergriff. Unseren Opel Blitz hatte der Volkssturm konfisziert und Züge verkehrten nicht mehr. Auf dem Vorstadtbahnhof erlebte ich meinen ersten Luftangriff durch Tiefflieger. Mit einem voll bepackten Handwagen zogen wir los und wurden förmlich von dem Flüchtlingsstrom gen Westen aufgesogen. Es gab kaum ein Vorwärtskommen, die Lychener Straße war vollkommen verstopft. Zwischen den Fuhrwerken, Pferden und Kühen Handkarren und Militärautos. Die Russen kommen! Die bringen alle um, schnell weg! Die verschonen nicht einmal die Kinder! Fürchterliche Gräuelmärchen wurden verbreitet. Dazu die Tiefflieger. Alles war in Panik. Noch vor der Abzweigung nach Gandenitz entschieden sich meine Eltern, die Straße zu verlassen, um im Waldstreifen am

Ufer des Netzowsees einen Unterstand zu bauen. Wir schaufelten in der Seeböschung eine geräumige Grube, stützten die Wände und das Dach mit Baumstämmen ab und bedeckten den Boden mit einer dicken Strohschicht von einer Miete, die auf dem Acker vor uns stand. Der Schlachtenlärm wurde lauter. Schüsse peitschten. Kanonendonner grollte und die Granaten heulten über uns hinweg, um krachend zu explodieren. Wir verkrochen uns im Unterstand und hielten uns die Ohren zu. Dann Stille. Die Ruhe war unerwartet und beängstigend. Als wir uns zögernd aus dem Erdloch wagten, hörten wir Stimmen: Rufe, Schreie und Wasserplatschen. Erst später erfuhren wir, dass sich ganz in unserer Nähe grausige Szenen abgespielt hatten. Verängstigte Menschen, ganze Familien, hatten sich im See ertränkt. Andere erhängten sich oder griffen zur Pistole. Sie alle waren Opfer der faschistischen, antisowjetischen Hetze. Doch wir Kinder ahnten nichts von alldem. Und plötzlich waren sie da: die Russen. Drei Meter über uns standen zwei Soldaten mit rußigen, verschmutzten Mänteln. Einer hielt eine Maschinenpistole in den Händen, der andere, ein Offizier, trug nur eine Pistole und eine Kartentasche am Koppel. Ich weiß noch, wie meine Mutter verzweifelt versuchte, meinen jüngsten Bruder – er konnte damals gerade laufen – zurückzuhalten, als er zu den Soldaten emporkroch. Aber was war das? Die Russen lachten. Einer der Soldaten nahm meinen Bruder auf den Arm und strahlte über das ganze Gesicht. Er kramte umständlich in seiner Manteltasche und steckte dem Brüderchen ein Stück Zucker in den Mund. Jetzt erst sprach uns der Offizier an: „Dawai, nach Haus, Hitler kaputt!" Wir waren erstaunt: Das waren ja richtige Menschen, keine Monster.

Der Bann war gebrochen. Hastig befolgten wir die Aufforderung. Ich wollte dem Soldaten mein über alles geliebtes Taschenmesser schenken, doch er lachte, schüttelte den Kopf und strich mir mit seiner schwieligen Hand übers Haar. Dann gingen sie weiter. Monate waren vergangen. Auf der Straße vor unserem Haus sah ich in einiger Entfernung unsere Lehrerin, Fräulein Scholz. Im Stechschritt, mit erhobenem Arm, grüßte ich mit Heil Hitler. Sie erwiderte den Gruß, doch kurz darauf eilte sie zu mir zurück und sagte beschwörend: „Jungchen, jetzt nicht mehr! Jetzt nicht mehr!" Ich war verdutzt. Auf der anderen Straßenseite bastelten zwei Rotarmisten an ihrem Auto. Sie hatten die Szene beobachtet und lachten: „Kleiner Faschist, ha, ha!"

Ein Abenteuer

März 1946. Der Winter hatte seine Macht verloren, die warme Frühlingssonne brachte das Eis auf den Gewässern zum Schmelzen und die einst mächtigen Schneemassen sickerten als Tauwasser in den Boden. Es wurde auch Zeit, dass der Frühling kam, denn unser Brennholz war alle. In der Nähe der Stadt sah der Wald aus wie gefegt. Selbst Kienäpfel fand man hier nicht mehr. Also mussten wir von weiter her Brennholz heranschaffen. Armin, mein Freund, war der Älteste von fünf Geschwistern und sein Vater war noch in Gefangenschaft. Somit übertrugen ihm seine Mutter und die Großmutter viele Aufgaben, die sonst der Vater erledigte. Mir ging es kaum anders: Mit der Mutter und dem Großvater waren wir fünf eine nicht mehr ganz vollständige Familie und als Ältester der drei Geschwister fiel auch mir die Aufgabe zu, das nötige Heizmaterial zu besorgen.

Am ersten Sonntag im März ging es los. Ich hatte einen großen Handwagen, den man auch verlängern konnte – manchmal mussten ja auch längere Stangen geladen werden. Armins Wagen war kleiner und auch viel schmaler in der Spur. Eine Axt, ein Beil sowie einige Meter alter Wäscheleine ergänzten unsere Ausrüstung. Hinter Fährkrug ging es in Richtung Klosterwalde. 500 Meter hinter dem Bahnübergang gab es rechts eine Kiefernschonung. In dem dichten Bestand waren die schwachen Stämmchen unterdrückt und abgestorben und ebendiese trockenen Stangen wollten wir ausputzen und auf unsere Wagen packen. Wir hatten etwa 30 Minuten gearbeitet, da durchfuhr mich ein großer Schreck: Nur drei Meter vor mir lag ein riesiger Keiler. Als die erste Überraschung vorbei war, warf ich einen Ast nach dem Schwein. Aber es rührte sich nicht. Erst jetzt erkannte ich das ganze Ausmaß der Tragödie: Ein Wilddieb hatte eine Drahtschlinge gestellt und sie an vier Jungkiefern befestigt. Der Keiler hatte sich darin erhängt. Der Draht saß tief eingeschnitten hinter den Tellern und war nicht zu lösen. Im Todeskampf hatte das Schwein noch drei von den Kiefern, an denen die Schlinge befestigt war, regelrecht abgedreht. Doch das vierte Bäumchen hielt, und die Kraft war am Ende. Das Tier war noch warm, es konnte also erst vor kurzem verendet sein. Ich rief: „Armin, Armin!" Der hörte mich zuerst nicht, aber als er dann endlich da war, staunte er nicht schlecht. So viel Fleisch, den nehmen wir mit. Aber dann kamen die Bedenken: Wenn der Wilddieb uns erwischt, kann das schlimm ausgehen. Es war schon so nicht ungefährlich im Wald, wo große Mengen an Munition, auch Minen, herumlagen. Aber Hunger schmerzt. Und wir hätten es uns nie verziehen, wenn wir nicht alles versucht hätten, um für unsere Familien zu sorgen. Da sich die Schlinge nicht lösen ließ, setzten wir zuerst die Axt ein, um das Haupt vom Rumpf zu trennen. Mein stumpfes Taschenmesser tat auch noch gute Dienste. Dann brachen wir das Schwein auf und entnahmen ihm alles, bis auf das Herz und das Geschlinge. Nun versuchten wir, den Koloss auf den Handwagen zu laden, doch wir bekamen ihn nicht hoch; das Schwein war viel zu schwer. Also trennte ich die hinteren Schinken ab, wozu ich eine halbe Stunde brauchte. Das Messer war stumpf und die Schwarte sehr dick und zäh. Doch endlich war es geschafft! Die beiden Keulen kamen auf Armins kleinen Wagen, der Rumpf mit den Vorderläufen auf meinen großen.

Plötzlich hörte ich einen Hund bellen. Schnell zur Straße, der Wilddieb kommt! Armin flitzte mit seinem schmalen Wagen fix durch die Baumreihen. Ich wollte ihm folgen, aber immer wieder blieb ich mal links, mal rechts mit der Achse an den Bäumen hängen. Der Wagen war einfach zu breit. Das pure Wasser lief mir den Rücken hinunter. In meinem Gesicht vermischte sich mein Schweiß mit dem Blut des Keilers, denn als ich fieberhaft am Ausweiden des Tieres arbeitete, war mir meine Brille in das blutige Geschlinge gefallen. Die blutverschmierten Hände taten ein Übriges, wenn sie den Schweiß aus den Augen und der Stirn wischten. Und plötzlich stand vor mir ein riesiger, zottiger Köter. Er knurrte drohend und fletschte die Zähne. Das sollte wohl heißen: Kein Schritt weiter, das ist unsere Beute! Ich stand wie erstarrt und wagte keine Bewegung. Dann krachte und knackte es im Dickicht und nun stand der Wilderer leibhaftig da. Er sah furchterregend aus: Auf dem Kopf trug er eine ausgeblichene Soldatenmütze. Er mochte sich seit mindestens einer Woche nicht rasiert haben. Unter den borstigen Augenbrauen funkelten mich böse grüngraue Augen an. Dann brummte er dem Hund zu: „Aus, Luchs!" und fuhr mich an: „Wo sind die Schinken?"

Nun hatte ich mich gefasst: „Die hat der Onkel schon im Sack mitgenommen."

„Das ist mein Schwein!", knurrte er, fasste die beiden Vorderläufe und schwang sich das etwas dezimierte Schwein auf seinen Rücken. Das Blut, das sich in der Bauchhöhle gesammelt hatte, spritzte nach allen Seiten und floss über die Tarnjacke hinunter, bis in die Gummistiefel des bärtigen Riesen. Der Hund hatte sich indes über die Eingeweide hergemacht und sich gierig den Bauch vollgeschlagen. Der Wilddieb drehte sich noch einmal halb zu mir um und brummte fast versöhnlich: „Den Kopf kannst du dir nehmen." Dann verschwand er zwischen den Bäumen und sein vollgefressener Hund folgte der gelegten Schweißspur.

Erst jetzt löste sich meine innere Anspannung. Mit zitternden Händen wuchtete ich das schwere Wildschweinhaupt auf meinen Wagen. Nur flüchtig schichtete ich noch einige Stangen darüber. Nun schnell zur Straße! Ich brauchte höchstens 20 Minuten, aber es erschien mir wie eine Ewigkeit. Als ich mit meiner Restbeute am Sportplatz einbog, kam mir Armin schon mit einigen Freunden aus der Waldstraße entgegen. Sie hatten sich mit Knüppeln bewaffnet und wollten mir gegen den unbekannten Fremden zu Hilfe eilen. Die Wiedersehensfreude war groß. Armin und ich, wir teilten uns das Fleisch: Jeder bekam einen großen Schinken und einen halben Schweinekopf. Nun hatten wir seit langem auch mal wieder Fleisch auf dem Teller und in der Schule mussten wir wieder und wieder von unserem Erlebnis erzählen.

Kaninchenjagd

Biene, so hieß unsere Terrierhündin. Sie war eine Kreuzung zwischen weiß-buntem Fox und Drahthaar. Ihre Rute war kupiert und außer einer braunen Gesichtsmaske mit dunkelbraunen Ohren war sie völlig weiß. Biene hatte die letzten Kriegsjahre noch erlebt und sie hatte auch mit den Befreiern ihre Erfahrungen gemacht. Als sie zwei Jahre alt war, suchte ich ihr einen schmucken Bewerber aus der Nachbarschaft aus. Das Ergebnis dieser ersten Hundeliebe waren drei lustig gezeichnete Welpen. Von den drei Erstgeborenen fiel eine Hündin besonders dadurch auf, dass sie überhaupt kein Schwänzchen besaß. Gezeichnet war sie genauso wie die Mutter. Diese drollige Hundetochter zogen wir groß, um sie zu behalten. Ihr Name war ‚Hummel'. Der Dritte im Bunde war ein zugelaufener, starker Rüde. Auch er hatte nur eine dunkle Gesichtsmaske und sonst war er, wie seine Gefährtin, fast weiß. Mit dieser lustigen Hundefamilie verbanden uns viele gemeinsame Erlebnisse.

Gleich nach Kriegsende gab es in Templin und Umgebung eine Wildkaninchenplage. Viele ausgebrochene Hauskaninchen waren verwildert und hatten sich mit den grauen Verwandten gekreuzt. Das Ergebnis war zahlenmäßig überwältigend: Überall hausten die grauen Flitzer und brachten die Kleingärtner zur Verzweiflung. Keine Nelke, keine Kohlpflanze, kein Möhrenbeet war vor ihnen sicher. Überall gruben sie ihre Erdröhren und selbst junge Obstbäume wurden so geschält, dass sie vertrockneten. Bald hatte sich herumgesprochen, dass wir drei vierbeinige Kaninchenjäger besaßen, und so kamen oft verzweifelte Gartenfreunde und baten uns um Hilfe. Unsere Hunde stürzten sich begeistert in die Hasenjagd. Ihren Nasen entging kein Versteck und sie stöberten die Kaninchen zwischen Hecken, Holzstößen und Laub auf. Die hatten nur selten eine Chance. Die erbeuteten Nager waren für uns oft die einzige Fleischkost, die wir uns leisten konnten.

Als die Plagegeister in den Gärten schon stark dezimiert waren, suchten wir nach neuen Jagdrevieren. So gruben unsere Terrier beispielsweise einige verwilderte weißbunte Karnickel unter der Ziegeleibrücke aus. Ein besonders gutes Revier war Neu Afrika. Unter den verlassenen Hütten bei Ahrensdorf war der weiße Sand überall aus den verzweigten Kaninchenbauten herausgeworfen und weithin sichtbar. Unsere Hunde waren nicht zu halten, wenn ihnen die ersehnte Witterung in die feinen Nasen kroch. Stundenlang gruben sie den Röhren nach, um schließlich die Langohren aus ihren Höhlen zu zerren. Um die ganze Wahrheit zu sagen: Da wir wegen Raummangels oft auch am Nachmittag Unterricht hatten, war uns die erfolgreiche Kaninchenjagd manchmal wichtiger als die Schule. Doch 1952 war ganz plötzlich Schluss damit. Die Kaninchenpest, die Myxomatose, hatte grausam gewütet. Bis auf wenige Tiere verendeten die Nager qualvoll und wurden dann von Füchsen, Krähen, Greifvögeln, Wildschweinen und zuletzt von Ameisen verspeist.

Unser Rätsch

Schulkinder brachten Anfang Mai einen halbnackten, fast verhungerten Jungvogel an. Zu dem Zeitpunkt war noch nicht zu erkennen, dass seine Eltern zur Familie der Rabenvögel gehörten, und dass ihr Markenzeichen ein prächtiges Federkleid mit stahlblauen Schmuckfedern war. Dieser winzige, hilflose Kerl brauchte viel Zuwendung, Liebe und Geduld. Wir hatten Glück, Eichelhäher sind Allesfresser. Zur Kost gehörten neben Pflanzensamen und Fruchtfleisch auch Insekten, Eier, ja einfach alles, was wir so ergattern konnten. Mit der Pinzette reichten wir dem Nestling das Futter. Er sperrte den Schlund immer so weit auf, dass er nur noch aus Schnabel zu bestehen schien, und ihm schmeckte schlicht und einfach alles. Dieser gute Appetit zahlte sich aus: Aus den wenigen Daunen wurden Speiler und Federn, und auch seine Stimme wurde kräftiger.

Sein Heim war bis dahin ein großer Vogelkäfig in der Wohnstube gewesen. Als sein Federkleid fast fertig zu sein schien, durfte er täglich eine Stunde fliegen üben: vom Käfig zum Tisch, vom Tisch auf den Schrank und vom Schrank wieder zum Käfig. Danach ging es dann schon wie von allein: auch auf die Schulter oder die ausgestreckte Hand.

Im Juni war es sehr heiß. Unser Rätsch liebte Wasser. Wir stellten ihm einen flachen Bratenteller mit Wasser aufs Fensterbrett und Rätsch badete genüsslich, bis kaum noch ein Tropfen auf dem Teller war und rundherum alles schwamm. Da der Käfig für ihn schon längst zu klein war, bewegte sich Rätsch unbekümmert in der gesamten Wohnung. Sobald der Tisch gedeckt wurde, war Rätsch nicht weit. Vom Ofen ging es im Sturzflug auf den Esstisch, wo er eine Wurstscheibe, ein Stück Kuchen oder ähnliches stibitzte, und nicht selten ließ er bei seinen Ausflügen auch was fallen.

So ging es nicht weiter. Wir schenkten Rätsch die Freiheit, die er zunächst gar nicht wollte. Regelmäßig kam er ans Fenster, um sich seine Leckerbissen abzuholen. Er erforschte die Umgebung des Hauses. Besonderen Spaß machte es ihm, den fetten Kater des Hauswirts zu necken. Das Spiel war nicht ungefährlich, doch deshalb schien es für Rätsch umso reizvoller. Wenn er auf dem Hauklotz saß, schlich sich der Kater heran. Als er sprang, flatterte Rätsch scheinbar unbeholfen auf die Holzmiete. Der Kater folgte ihm mit dem nächsten Sprung. Dann hüpfte der Vogel zurück auf den Klotz, der Kater ihm nach. Das ging so lange, bis es der Kater satt hatte und auch Rätsch keinen Spaß mehr daran fand. Er flog dann aufs Dach des Starenkastens und ärgerte die dort wohnenden Spatzen.

Rätsch wollte nicht richtig verwildern. Er konnte sich schon selbst Futter suchen, aber unsere lange Pflege wollte er nicht vergessen. Wenn er am Fenster bettelte, bekam er auch immer einen Leckerbissen. Dann, plötzlich, ließ Rätsch sich nicht mehr sehen. Schon drei Tage kam er nicht. Sollte er nun völlig selbstständig geworden sein?

Leider war dem nicht so. Unserem fröhlichen, unbeschwerten Findelkind fehlten die wichtigen Erfahrungen, die man in einem Vogelleben braucht. Seine Vorliebe fürs Baden, die er bei uns nur im Bratenteller verwirklichen konnte, wurde ihm zum Verhängnis: Unser Rätsch ertrank in der Regentonne, als er darin baden wollte. Seine richtigen Eltern hätten ihm sicher besser als wir gezeigt, dass Wasser auch gefährlich sein kann.

Ein seltener Greif

Im Laufe der Zeit mussten wir neben dem Hühnerstall noch einen großen Vogelkäfig bauen. Es hatte sich herumgesprochen, dass wir verletzte oder hilflose Jungtiere pflegten. So kamen immer häufiger Leute, besonders Kinder, mit gefundenen Tieren, um sie bei uns in Pflege zu geben. Über alle und in Einzelheiten zu berichten, würde ganze Bücher füllen. Deshalb will ich nur einige Beispiele herausgreifen.

Im Frühjahr 1953 brachte man uns den Nestling eines Greifvogels, der war erst wenige Tage alt und völlig hilflos. Wir glaubten zuerst, es handele sich um einen jungen Bussard. Doch als es uns gelang, den kleinen Kerl auf unsere Weise zu füttern, hörte er mit dem Wachsen nicht mehr auf. Er war ein Nimmersatt. Verendete Küken, Mäuse, Fische, aber auch Schnecken und Insekten wurden schnabelgerecht zerkleinert und an ihn verfüttert. Unserem Pflegling war alles recht, was nach Fleisch schmeckte. Bald mussten wir zusätzlich Schlachtabfälle besorgen, denn so viele Kleintiere, wie er fraß, konnten wir schon allein aus Zeitgründen nicht beschaffen. Aber auch kleingehackter nackter Pansen mundete unserem jungen Greif. Er war handzahm, doch es war nicht geraten, den Vogel ohne Lederhandschuhe auf die Hand zu nehmen. Seine Fänge waren messerscharf. Nach einigen Wochen stand es endlich fest: Unser Pflegling war kein Bussard, kein Habicht, sondern ein Schreiadler. Seine Eltern hatten ihren Horst auf einer riesigen Kiefer der Buchheide. Er war das Jüngste der Brut und vermutlich von den älteren Geschwistern aus dem Horst geworfen worden. Das kommt bei Adlern oft vor. Nur die Stärksten setzen sich im Leben durch. Es war Zufall, dass ihn die Kinder rechtzeitig fanden. In der Nacht wäre er vermutlich vom Fuchs oder von Wildschweinen verspeist worden. Nun war uns auch klar, warum unser Greif so guten Appetit hatte. Die Altvögel fütterten ihre Brut mit allem, was sich so anbot, Lurche und Kriechtiere stehen bei Schreiadlern ganz oben auf der Speisekarte. Unser Adler war ausgewachsen und gesund. Wir ließen ihn für Flugübungen auch öfter aus dem Zwinger. Schon nach wenigen unbeholfenen Versuchen flog er immer weitere Strecken. Er schwang sich über den Zaun, bis auf den Schuppen des Nachbarn. Von dort aus ruderte er einen großen Bogen um das Haus herum und landete wieder auf dem Drahtdach des Zwingers. Wenn ich den Arm ausstreckte, hob er ohne Zögern ab, um darauf aufzublocken. Dann erwartete er immer einen Lecker- bissen. Unser seltener Greif sollte ausgewildert werden, um seine Art erhalten zu helfen. Bei uns ging das nicht, denn er war schon zu zahm. Deshalb setzten wir uns mit der Vogelstation Serrahn bei Waren in Verbindung. Ein Mitarbeiter der Station holte ihn ab. Ein Jahr später schrieb man uns, dass unser junger Freund eine Partne- rin hatte und mit ihr ein glückliches Leben in freier Wildbahn führte. Das machte uns froh.

Lehrzeit - Die Geschichte mit der Ziege

Eigeninitiative war bei der Suche nach einer Lehrstelle auch schon im Jahre 1949 gefragt. Einige Jahre später sah es da schon günstiger aus. Jeder konnte werden, was er wollte, ob er wollte oder nicht. Ich bewarb mich damals in Gransee um eine Lehrstelle als Gärtner und hatte Glück.

Das, wovon ich berichten will, geschah im Frühjahr 1950. Ich war schon acht Monate Gärtnerlehrling in einer Baumschule. Jede Woche fuhr ich mit meinem vollgummibereiften Fahrrad von Templin, meiner Heimatstadt, nach Gransee, wo ich lernte. Im ersten Lehrjahr wohnte ich mit einem anderen Lehrling in der Dachkammer eines Gaststättenbesitzers. 65 Mark musste jeder von uns im Monat bezahlen, aber wir bekamen nur 55 Mark Lehrlingsgeld. Außerdem mussten wir ja auch essen und trinken, also blieb uns nur, unsere neuerworbenen Kenntnisse im Obstbau, so gut es eben ging, in Feierabendarbeit zu nutzen.

Da gab es ein paar reiche Bauern und Plantagenbesitzer, welche durch uns billig ihre Obstanlagen gepflegt haben wollten. Für uns war das die einzige Möglichkeit, die Selbstversorgung auf rechte Weise zu sichern. Über andere will ich lieber nicht berichten, das würde vom Thema abweichen.

Also, im April 1950 war es. Zwei lange Wochenenden hatte ich mit einem Freund bei einem Bauern die Obstbäume verschnitten. Wir wurden verpflegt und konnten uns einmal richtig satt essen. Nun war die Arbeit geschafft und der Bauer hatte nebenbei genug Feuerholz für den kommenden Winter, denn wir waren nicht zimperlich beim Verjüngen der alten Bäume. Nun sollte abgerechnet werden, denn außer der Vollverpflegung war uns auch Lohn versprochen worden. Der Bauer wollte uns Geld geben, aber wir waren mehr auf etwas Essbares aus. Wo doch damals für 25 Mark nur ein Brot oder für 2,50 Mark ein Brötchen im HO-Geschäft zu bekommen war! Was sollten wir also mit Geld? Wolfgang, so hieß mein Kollege, war wie ich der Älteste von drei Geschwistern. Sein Vater war im Krieg geblieben. Seine Mutter schuftete in einer Ziegelei, um die hungrigen Mäuler zu stopfen. Meine Mutter lebte auch allein mit meinen zwei jüngeren Brüdern. So waren wir beide darauf aus, noch etwas für die Familien zu Hause übrig zu haben. Die Bäuerin schaltete sich ein. Sie wischte sich ihre Hände an der Schürze ab, verschwand im Haus, kramte in der Küche herum und kam mit einem bauchigen, am Rand angeschlagenen Steintopf voller Schmalz zurück.

„Wie wär's denn hiermit?", schnarrte sie und über ihr rundes Gesicht huschte ein vielversprechendes Schmunzeln. Das war schon was! Wolfgang war begeistert. Er hielt sich aber zurück, als ich ihm – von der Bauernfamilie unbemerkt – kräftig auf den Fuß trat und ein ernstes Gesicht machte. Ich dachte: Wo so viel Reichtum ist, werden wir doch mehr als zwei Pfund Schmalz heraushandeln können!

Zögernd und mit betretener Miene sagte ich: „Für einen mag das wohl reichen, aber für zwei?" Und wir wollten doch auch für unsere Geschwister etwas mitbringen.

Den bärenstarken, bärtigen Bauern musste mein Gewimmer wohl ergriffen haben. Er zog an seiner Zigarre und murmelte: „Na, an was habt ihr denn gedacht?"

Wie ein Blitz durchfuhr mich ein kühner Gedanke. Ohne zu zögern platze ich auch schon heraus: „Würden Sie mir vielleicht ein Ziegenlamm geben? Sie haben doch so viele."

Sichtlich erleichtert und ohne zu zögern brummte der Bauer: „Dat Höcken künnst hämm."

So war das Schwerste geschafft. Wolfgang nahm überglücklich sein Schmalz in Empfang, und ich sprach mit dem Bauern ab, dass ich das Zicklein am kommenden Sonnabend abholen würde, da ich ja dann erst nach Templin fuhr. Er war einverstanden. Wir bekamen jeder noch ein Stullenpaket und verabschiedeten uns fröhlich. Nach einer Woche ging die Reise los: Der Ziege wurden die Läufe gefesselt, und dann packte ich sie in einen alten Rucksack. Den Kopf durfte sie herausstrecken.

Mein Drahtesel war voll bepackt. An jeder Seite des Lenkers hing schmutzige Wäsche in Netzen, die ich der Mutter zum Waschen bringen wollte, längs waren zwei junge Obstbäume angebunden. Auf dem Gepäckständer, der von einigen Metern Draht zusammengehalten wurde, stand ein Korb Gemüsepflanzen mit Ballen. Auf dem Rücken trug ich den Rucksack mit meinem kostbaren Lohn. So holperten wir durch Gransee. Die Ziege – aus ihrer gewohnten Umgebung entführt – hatte sich vom ersten Schock erholt und blökte mir direkt ins Ohr.

Die Leute blieben stehen, lachten und machten Bemerkungen wie: Der Zirkus kommt! Mir brummte der Schädel. Dass Ziegen so laut meckern können, hatte ich bis dahin nicht gewusst. Die Straße nach Zehdenick war ein einziges Schlagloch. Eine Mondlandschaft konnte nicht mehr Krater haben. Die Vollgummireifen taten ein Übriges. Durch das Gestucker muss der Ziege wohl schlecht geworden sein, ihr Meckern verstummte. Schon froh über diese willkommene Wendung, bemerkte ich ein neues Übel: Ich fühlte plötzlich auf meinem Rücken eine feuchte Wärme, die sich langsam, aber sicher, über meinen Hintern hinab bis zu den Füßen ausbreitete. Die Ziege war undicht, sie schien förmlich auszulaufen.

Wir hatten Zehdenick erreicht, aber hier wollte ich nicht anhalten. Am Waldrand, hinter den Tongruben, wollte ich nach dem Rechten sehen. An den nassen Tatsachen war nun sowieso nichts mehr zu ändern.

Jetzt waren wir am Wald. Umständlich stieg ich von meinem Gefährt und lehnte es an einen Straßenbaum, um danach den Rucksack abzusetzen. Ich dachte in meiner Einfalt, wenn die Ziege „klein" gemacht hatte, musste sie sicher auch „groß", und das sollte sie besser draußen erledigen. Vorsichtig löste ich ihre Fesseln. Sie schien sichtlich erleichtert, wedelte mit dem Schwanz und trommelte tatsächlich ihre Portion „Pillen" auf die Straße.

Was dann kam, war ein Spiel von Sekunden: Bevor ich die Ziege wieder verstauen konnte, war sie, hast du nicht gesehen, mit ein paar eckigen Sprüngen im Wald verschwunden. Ich lief ihr nach, aber die Ziege hat vier Beine und der Radfahrer nur zwei. So blieben all meine Bemühungen ohne Erfolg. Dem Zicklein schien das Spaß zu machen. Es lief nie weit weg, ließ mich immer auf wenige Schritte herankommen, um dann, wie der Blitz, ein paar Meter weiter zu flüchten. Jetzt war ich in großer Not: das wertvolle, unbewachte Rad an der Straße und die Ziege im Wald. Völlig erschöpft taumelte ich zur Straße zurück, hockte mich unter den

Baum neben das Rad und überlegte fieberhaft, was zu tun sei.

Da kam mir ein Gedanke. Ich wusste, dass Ziegen die neugierigsten Geschöpfe sind, die man sich denken kann. So tat ich, als würde mich der Vierbeiner überhaupt nicht mehr interessieren. Ich drehte der Ziege den Rücken zu, ließ sie aber nicht aus den Augen. Dann wickelte ich sehr geräuschvoll den Brotkanten, der mir als Marschverpflegung verblieben war, aus der Zeitung und begann genüsslich an der harten Kruste zu knabbern. Dabei raschelte ich noch ein wenig mit der alten Zeitung und hielt sie so, dass die Ziege sie sehen konnte. Zögernd kam sie ganz langsam näher. Ob die „Freie Erde" sie anzog oder der Ziegenduft, der mir ja nun zur Genüge anhaftete, weiß ich nicht. Es waren spannungsgeladene Minuten. Ich kaute schmatzend den Kanten, immer darum bemüht, den Argwohn der Ziege zu zerstreuen. Endlich war es soweit. Sie stand direkt hinter mir. Und als sie sich entschlossen hatte, den Leitartikel der Zeitung zu fressen, war meine Zeit gekommen: Blitzschnell griff ich nach hinten und erwischte einen Vorderlauf. Ich hatte das Spiel gewonnen. Nur ein Problem hatte ich noch: Ich bekam das Zicklein nicht wieder allein in den Rucksack. So legte ich ihm einen Strick um den Hals und band das andere Ende am Rad fest. Sollte es laufen. Zweihundert Meter ging das gut, dann wollte es nicht mehr. Da halfen weder gute noch böse Worte, und auch kein Ziehen. Es stemmte alle vier Hufe in den Sommerweg und mir war, als zöge ich seinen Hals lang und länger. So ging es nicht. Also beschloss ich, auch zu laufen und das Rad zu schieben. Doch auch dieses Zugeständnis dankte mir das Vieh nicht. Ein störrischer Esel kann nicht schlimmer sein, dachte ich und gab es auf. Glücklicherweise kam ein Wanderer vorbei und half mir, die Ziege wieder im Rucksack zu verstauen. Meine Sachen waren schon getrocknet und um eine Wiederholung zu vermeiden, klemmte ich den Beutel mit der Ziege zwischen die Arme auf Lenker und Querstange. Damit die Ziege nicht gedrückt würde, schob ich ein Netz mit Wäsche darunter. Nun schien alles gut zu gehen. Flott spurtete ich der Heimat entgegen. Hinter Hammelspring tauchte in der Ferne ein großer schwarzer Lastwagen auf. Das uralte Vehikel qualmte aus allen Ritzen. Es war ein Holzgasgenerator, dem fast die Puste ausging. Die Ziege wurde unruhig. Ihre Lauscher spielten nervös, wie Suchantennen, und als wir mit dem Laster fast auf gleicher Höhe waren, krachte eine Fehlzündung los. Das war zu viel.

Die Ziege strampelte plötzlich so wild auf meinem Lenker herum, dass ich die Gewalt über meinen Drahtesel verlor und mit Sack und Pack im Chausseegraben landete. Die Ziege hatte ihre Stimme wiedergefunden, und was für eine! Sie meckerte so jämmerlich, dass ich annahm, sie habe sich etwas gebrochen. Aufs Schlimmste gefasst, zur eventuellen Notschlachtung bereit, befreite ich sie, diesmal ohne sie loszulassen, aus ihrer Hülle. Aber sie war auf die schmutzige Wäsche gefallen und hatte nur einen Schreck bekommen. Sie war in Ordnung. Aber mein Fahrrad! Vorn eine Acht und hinten eine Sechzehn. An Fahren war nicht mehr zu denken. Also musste ich laufen, das beladene Wrack schieben und die Ziege schleppen. Etwas anderes blieb mir nicht übrig. Für die restlichen 33 Kilometer brauchte ich sechs Stunden.

Endlich zu Hause angekommen, war ich am Ende meiner Kräfte, doch der Ziege ging es gut. Bemerkt sei hier noch, dass sich meine Träume von einer künftigen Milchziege mit Lämmchen nicht verwirklichten. Im Frühjahr entpuppte es sich als Zwitter.

Groß und fett

Der Mai war gekommen und mit dem Verschneiden der Bäume konnten wir kein Geld mehr verdienen. Aber Arbeit gab es dennoch: umveredeln, schneiden, Vorgärten anlegen usw. Wir waren immer darum bemüht, Esswaren zu erarbeiten. Und wieder einmal war Zahltag. Ein Bauer hatte mich an drei Abenden und einem Wochenende beschäftigt und verpflegt. Er hatte viel Geflügel: Gänse, Puten, Enten und eine riesige Hühnerschar. Bei der Arbeit waren mir eine Ente und ihre sechs Küken, die erst wenige Tage alt waren, besonders aufgefallen. Ich fragte den Bauern, ob er mir diese Vogelfamilie als Lohn überlassen würde. Das ginge, antwortete er, die habe wild gebrütet und ansonsten sei er ja auch kein Halsabschneider. Ich solle außerdem im nächsten Jahr wieder vorbeischauen, Arbeit habe er mehr als genug.

Zufrieden packte ich das erworbene Gut für die Radtour nach Templin ein. Die „Stiefmutter" kam in einem Netz links an den Lenker, die Wasservogelkinder in einen mit Heu ausgepolsterten und einem Tuch zugebundenen Spankorb an den rechten Lenkergrill. Mit etwas „weggefundenem" Frühgemüse im Rucksack ging die Reise los. Mein Fahrrad war nach dem Ziegenabenteuer notdürftig repariert, aber noch immer vollgummibereift. Beleuchtung und Klingel waren Luxus und deshalb genauso wenig vorhanden wie eine Handbremse. Doch wann braucht man die schon.

Es war ein heißer Tag gewesen. Die Hitze flimmerte über der staubigen Straße. Kein Lüftchen regte sich. Ganz langsam, fast unmerklich, schob sich ein schwarzblauer Wolkenrand am Horizont empor. Eine lastende Schwüle lag in der Luft. Hinter Badingen hatten die ersten Wolken die Sonne erreicht und verdeckten sie. Wind kam auf, Blitze zuckten, Staub und trockene Zweige wurden von heftigen Sturmböen aufgewirbelt. Die Straßenbäume bogen sich rauschend und stöhnend wie kämpfende Riesen auf und nieder. Dann brach es wie aus geöffneten Schleusen auf mich und meine Umgebung herab: zuerst Hagel, dann Wasser. Im Handumdrehen war ich nass bis auf die Haut. Nun half auch kein Unterstellen mehr. Und wo auch? An der Werkstatt von Franz Gottschalk war ich längst vorbei und als ich zur Tankstelle in Zehdenick kam, ließ der Regen nach. Mein Entschluss stand fest: Durchfahren.

Das alte Kopfsteinpflaster war mit Wasser bedeckt, ich fuhr über den Markt und durch die Wassermassen die menschenleere Straße hinab zur Havelbrücke. Da geschah es: Die Kette sprang ab und ich sah, dass die Zugbrücke hochgezogen war. Hilflos, in rasender Fahrt, versuchte ich, mit einem Fuß den Vorderreifen zu bremsen. Bei dem Gehampel kam die Ente in die Vorderradspeichen, und ich landete im hohen Bogen vor dem Sargladen.

Noch benommen von dem Sturz, den eigenen Schmerz nicht achtend, ging mir nur ein Gedanke durch den Kopf: Die Küken!

Schnell war ich aufgesprungen: Da schwammen sie in rasantem Tempo den Rinnstein hinab, der Havel zu. Ich warf mich, nachdem ich sie mit ein paar Sprüngen überholt hatte, vor sie ins Wasser und sammelte alle sechs in meinem durchnässten Hemd. Nun erst wandte ich mich dem Übrigen zu: Wie durch ein Wunder war mein Rad bis auf die Kette fast heil geblieben, doch die arme Kükenmutter war Frikassee. Sie hatte sich für mich geopfert.

Wie meine Knie und Ellenbogen aussahen, möchte ich hier nicht weiter beschreiben, denn wichtiger waren das gerettete Rad und die Küken. Selbst die zerrupfte Ente hatte noch ihr Gutes: Sie gab eine pikante Brühe her.

Ich humpelte, das Rad schiebend, 15 Kilometer bis Hindenburg, die letzten fünf nahm mich ein Fuhrwerk mit. Die Entlein wurden alle groß und fett und schmeckten herrlich, das heißt, ich kann es nur von vieren sagen, denn die anderen beiden tauschte ich für Fahrradersatzteile ein.

Eine fleißige Mäusemutter

Im zweiten Lehrjahr hatten wir es besser. Unser Betrieb stellte uns vier Lehrlingen eine ehemalige Kornkammer über dem Pferdestall als Wohnraum zur Verfügung. Wir hatten zwar keine Möbel, aber

Strohsäcke und einen eisernen Ofen, eine Kiste als Tisch und Schrank und ein paar selbst gezimmerte Hocker. Wir waren glücklich damals, brauchten wir doch für diese Bleibe nicht einen Pfennig zu bezahlen. Mittags bekamen wir Betriebsessen und mussten uns nur noch morgens und abends selbst versorgen.

Es war die Zeit der Igelitschuhe, in denen man garantiert Schweißfüße bekam. Deshalb zogen wir dieser Errungenschaft der Neuerer unsere bewährten Holzkurkeln vor. Davon hatte ich sogar zwei Paar: eines für die Arbeit und ein mit Blümchen bemaltes für den Sonntag. Diesbezüglich überschlugen sich die Ereignisse jedoch bald, denn es gab Bezugsscheine für Bundschuhe; die waren aus Schweineleder und hatten eine Gummisohle. Exquisit 1951. Unsere sonstige Kleidung war, je nach Erbfolge oder unseren Möglichkeiten, sehr unterschiedlich und voller Ideenreichtum: Wir hatten Hemden aus Tischdecken, an denen man deren einstigen rechtmäßigen Besitzer, die MITROPA, noch im Gewebe nachlesen konnte, und lange Bundhosen aus alten Wolldecken.

Eine schmale, steile Holztreppe führte neben der Wohnung von Lotte und Max, so hießen unsere zwei PS, zu unserer Behausung hinauf. Unserer Kammer gegenüber befand sich noch ein Kornboden. Wir hatten uns, so gut es ging, eingerichtet. Am Tage schien die Sonne durch das kleine Giebelfenster und am Abend spendete eine 25er Glühlampe ausreichendes Licht. Die Wände waren mit rosa Leimfarbe getüncht, die Decke, die aus rohen Schalbrettern bestand, war mit Kalk geweißt. Wir hätten es nicht besser treffen können, wären wir die alleinigen Bewohner der Kammer gewesen. Aber unzählige Mäuse wohnten dort mit uns und trieben ihr grausames Spiel.

Besonders, wenn wir schlafen wollten, raschelten sie durch die Strohsäcke, huschten über unsere Gesichter, knabberten unsere Sachen an und tollten ausgelassen und mit viel Gepiepse im gesamten Raum umher. Überall hinterließen sie ihre schwarzbraunen Krümel – selbst in unseren Hosentaschen.

Eines Morgens – der Hahn vor dem Fenster hatte uns wie immer zuverlässig geweckt – waren wir missmutig aufgestanden, um an die Pumpe zu gehen und uns frisch zu machen. Da erhellten sich plötzlich die verschlafenen Gesichter von Herrmann, Wolfgang und Friedemann. Nur ich wusste nicht, warum die drei gleich darauf in schallendes Gelächter ausbrachen. Ich sah sie verdutzt an und versuchte, die Ursache für ihre unverhoffte Heiterkeit zu ergründen. Das vom Großvater geerbte Nachthemd, das mir bis über die Füße reichte, konnte es allein nicht sein; das kannten sie schon länger. Allerdings fehlte dem besagten Erbstück an diesem Morgen ein wesentliches Teil, und zwar hinten an einer ganz bestimmten Stelle: Ein kreisrundes Loch klaffte da, so groß, dass ein Fußball hindurchgepasst hätte. Eine fleißige Mäusemutter hatte da ganze Arbeit geleistet, um ihr kuscheliges Nest besser auszupolstern.

Das Maß war voll. Ich lachte zwar mit den anderen, doch um das schöne Leinenhemd tat es mir leid. Ich hatte doch nur das eine. Wir waren uns schnell einig: Jetzt ging es den Mäusen an den Kragen!

Friedemann brachte am nächsten Tag eine Schnappfalle mit. Unser Meister spendete ein winziges Stückchen Speck, das wir mithilfe eines Streichholzes und zweier Reißnägel auf der Falle befestigten. Am Abend wurde sie erstmals aufgestellt. Wir saßen noch keine fünf Minuten, da schnappte sie zum ersten Mal zu. Überrascht und erfreut sprangen wir alle auf, um unser erstes Opfer zu betrachten: Die vorwitzige, nun aber tote Maus flog aus dem Fenster auf den Mist. Die Falle wurde neu gespannt und es ging Schlag auf Schlag. Längst eilten wir nicht mehr gemeinsam zur Falle, wenn sich eine neue Maus gefangen hatte. Wir gingen nun schichtweise, jeder war mal dran.

Unbequem wurde dieses Geschäft, als wir uns auf unseren Schlafstätten eingekuschelt und das Licht ausgeschaltet hatten. Denn jetzt schienen die Mäuse der gesamten Stadt unsere Speckgriebe stehlen zu wollen. Bis nach Mitternacht fing die Falle zuverlässig und wirkungsvoll 28 graue Quälgeister. Der neunundzwanzigste blieb, vom Bügel der Falle eingeklemmt, von uns unberührt. Der Schlaf hatte uns ganz einfach überwältigt. Am nächsten Morgen fanden wir nur noch kümmerliche Reste der Maus vor und auch der Speck war verschwunden. Die anderen hatten ihn mitsamt dem Artgenossen verspeist. Wir hatten nun zwar die Gewissheit, dass in der kommenden Nacht 29 Nager weniger unsere Gäste sein würden, aber es gab dennoch mehr als genug Überlebende, die weiterhin bereit waren, unseren Frieden zu stören. Mit der Falle allein war da nichts zu machen. Wir beschlossen: Eine Katze muss her! Doch woher sollten wir die nehmen? Denn auch die „Dachhasen" galten damals, Anfang der 50er, in mancher Familie als saftige Leckerbissen und waren somit selten. Doch schließlich gelang es uns, eines dieser gezähmten Raubtiere in unsere Gewalt zu bekommen. Hermann, dessen Vater nebenberuflich erfolgreicher Wilderer war, hatte eines in seiner Kastenfalle gefangen. Fest in einem Sack verschnürt, wurde die Katze nun in unsere Kammer getragen. Vorsichtig knüpften wir die Schnur auf. Unsere Zurückhaltung war wohlbegründet, denn was da aus dem Sack fuhr, war ein wildes, fauchendes Ungeheuer. Die Rotbraune raste durch den Raum wie von der Tarantel gestochen, hektisch nach einem Ausweg suchend. Schnell schlossen wir die Tür und gingen zur Arbeit.

Am Abend waren wir gespannt auf das Wiedersehen mit dem Teufel. Doch unsere Überraschung war groß: Aus dem rasenden Räuber war ein schnurrendes Kätzchen geworden. Dick und vollgefressen, war sie nun rundum zufrieden. Wie viele Mäuse sie verspeist hatte, war schwer zu sagen, aber sieben Überwältigte lagen steif und kalt unter der Fensterbank.

Dankbar nahm unser Kätzchen das Schlückchen Ziegenmilch von Mutter Bäselt an, das die uns brachte. Wir hatten eine neue Freundin gefunden, die nun auch wusste, wie man sich in geschlossenen Räumen zu verhalten hatte.

Die Mäuseplage war vergessen, dafür sorgte unsere Mimi – so nannten wir ab sofort unser Kätzchen. Sicher hatte sie auch Unterstützung durch den Schädlingsbekämpfer, der erstmalig auch auf unserem Gelände Gift auslegte. Mimi war eine hübsche Katze, zärtlich, mit seidenweichem, goldgelbem Fell, einer weißen Stupsnase und schwarz umrandeten Ohren.

Das mussten im zeitigen Frühjahr auch die Kater des gesamten Ortes erfahren haben, so etwas spricht sich ja schnell herum. Wir konnten aber kaum glauben, wie viele Bewerber es für unsere Mimi gab! Die fühlte sich jedenfalls geschmeichelt, lauschte dem Werbegesang ihrer Freier und blickte oft vielsagend zur Tür. Das Gemauze in den Nächten raubte uns den Schlaf, und kurz entschlossen ließ Wolfgang unsere Mieze hinaus: „Soll se doch och mal ne Freude haben", murmelte er. Es folgten Nächte des Grauens: Vom Hängeboden über uns – die Fugen der Deckenbretter waren nicht dicht – wurde jede Nacht die Schütte von Sägemehl von den raufenden, liebestollen Katern auf uns herabgewirbelt. Wenn sie sich bissen, war das Fauchen, Knurren und Kreischen ohrenbetäubend.

Wir versuchten, die Katerbande zu vertreiben, aber all unsere Mühe war nur von kurzfristigen Erfolgen gekrönt. Erst im April wurde es wieder ruhiger und unsere Mimi wurde bald darauf Mutter von drei weißen Kätzchen.

Jagdterrier Biene

Im Winter war es in der Baumschule ruhiger. Hecken wurden geschnitten und Steckholz für das Frühjahr vorbereitet. Bevor aber im März die Reiserveredelungen alle Kräfte forderten, mussten die Obstanlagen geschnitten werden.

Der Januar 1950 war kalt und schneereich, der Hunger trieb das Wild bis an unsere Anlagen heran.

Die Zäune um die Baumschule waren sehr altersschwach und mussten ständig kontrolliert werden. Hatte ein Hase nämlich erstmal ein Schlupfloch gefunden, konnte er in einer Nacht einen Schaden von einigen hundert Mark anrichten. Die Rinde der jungen Apfelbäume schmeckte den Nagern dabei besonders gut, oft schälten sie ganze Stämmchen blank. Die verbissenen standen dann, zum Tode verurteilt, im Quartier und ihre abgenagten Stämme leuchteten uns selbst im Schnee schon von weitem entgegen.

Wenn das geschah, legten wir alles andere beiseite, und die Hasenjagd war eröffnet. Mit Hacken und Knüppeln bewaffnet, ging die gesamte Mannschaft los. Einige von uns hatten vorher die Hasenschlupflöcher notdürftig mit Maschendraht geflickt. Nicht nur die Hasen, sondern auch wir hatten Hunger. Also schlossen wir die Zufahrtstore hinter uns, und die Treibjagd begann.

In breiter Front und mit viel Geschrei rückten wir vor. Die Langohren gerieten in Panik und versuchten, dem Unheil in rasanter Flucht zu entgehen. Dabei entwickelten sie mitunter so ein Tempo, dass es einigen gelang, die mürben Maschen der Umzäunung beim Aufprall regelrecht zu zerreißen. Andere versuchten mit großen Hochsprüngen das Hindernis zu überwinden. So eine Jagd dauerte oft Stunden und zum Schluss konnten wir manchmal einen völlig erschöpften Mümmelmann mit unseren „Waffen" erlegen. Dann gab es Hasenklein, und alle Jäger durften mitessen.

Dann war der Winter vorbei und die Hasen fanden nun auch auf allen Feldern genügend Futter. Dennoch gab es ein Problem: Seit geraumer Zeit hatte sich eine Großfamilie von Wildkaninchen im Parkschuppen häuslich eingerichtet. Unter den Bretterstapeln fühlten sie sich wohl. Der sandige Untergrund kam ihnen beim Graben ihrer unterirdischen Röhren sehr zugute. Wir hätten nichts dagegen gehabt, wenn sich die grauen Nager nur auf den Schuppen beschränkt hätten, aber in der Dämmerung zogen sie los und fraßen die Nelkenbeete kahl, buddelten die Aussaatbeete um, nagten im Einschlag die Pflanzen an und unterhöhlten auch das Quartier unserer Bindeweiden.

Es war eine regelrechte Plage. Die aufgestellten Fallen blieben unberührt und auch die Rauchpatronen, die wir normalerweise gegen Wühlmäuse einsetzten, schienen ihnen nichts anhaben zu können.

So reifte in mir der Plan heran, meinen Jagdterrier Biene aus Templin mitzubringen. Biene hatte schon in den Kleingärten Templins viel Erfahrung im Fang von Wildkaninchen gesammelt. Meister Bäselt teilte nun mich und meinem Hund für eine Woche als Kaninchenbekämpfer ein und ich wurde von jeder anderen Arbeit im Betrieb freigestellt.

Wir waren erfolgreich. Bienes feiner Nase entging nichts und der Hund spürte auch die letzten Verstecke der Karnickel auf. Nur wenige der wilden Nager konnten sich in die Umgebung retten, aber alle, die die Gärtnerei nicht fluchtartig verlassen hatten, wurden die Beute des ruhelosen, vierbeinigen Jagdhelfers. So fingen wir in dieser Woche 14 Wildkaninchen. Die Nelken konnten nun ungestört wachsen und in dieser Woche brutzelte in den Töpfen einiger Familien seit Langem wieder einmal ein saftiger Kaninchenbraten. Für die Felle bekam ich, neben etwas Taschengeld, auch noch Gutscheine für Kleie, die ich als Futter für meine Stallhasen sehr gut gebrauchen konnte.

Das Festmahl

Im Mai gibt es in der Baumschule viel Arbeit: räubern und heften der Okulation vom Vorsommer, Zapfen schneiden und vieles mehr. Unsere Baumschul-Quartiere lagen unmittelbar an der F96. Alte Ahornriesen säumten die Fahrbahn. Wie in jedem Jahr hatten viele Krähen und Elstern ihre Brutnester eingerichtet. Hoch über der Straße, auf den höchsten Bäumen weit und breit, fühlten sie sich sicher. Sie ahnten nicht, dass das ein Trugschluss war. Schon längst hatten wir durch intensive Beobachtung die Brutbäume ausgemacht und einen tollkühnen Einsatz geplant. Es war Mitte Mai. Einige Nester waren von unten zu sehen. Die Jungvögel, von den Alten gemästet, lugten schon über die Nestränder. Als die Frechsten von ihnen sich zu waghalsigen ersten Ausflügen über den Nestrand begaben, um die weite Welt zu erkunden, war es so weit.
Wir hatten uns zwei lange Leitern zusammengebunden und Wolfgang, der sich selbst für höhentauglich hielt, wagte sich erfolgreich hinauf in das Astgewirr der alten Kronen. Um die Nester zu erreichen, musste er sehr hoch hinaus, bis in die Gipfelzweige, steigen. Wir standen unten und hielten eine Plane wie ein Sprungtuch auf und Wolfgang beförderte die fast zugefederten Schwarzröcke hinab. Diese halsbrecherische Kletterei wiederholte sich ein dutzend Mal. Etwa 34 Jungvögel füllten eine große Kartoffelkiepe. Nun ging es zum Gärtnerhaus zurück. Da wir zu Hause Tauben hatten, musste ich meine praktischen Erfahrungen beim Schlachten unter Beweis stellen.
Die Frau unseres Meisters hatte ein Herz für uns und bot sich an, aus den abgezogenen und ausgenommenen

Vögeln einen großen Kessel Frikassee zu zaubern. Wir hatten außerdem drei Kilogramm Spargel beschafft. Was sonst noch in den Kessel kam, wird wohl nie jemand erfahren. Wichtig war nur, wir schwelgten im Überfluss. Alle Lehrlinge waren zum Abendessen eingeladen und aßen genüsslich unser „Taubenfrikassee". Ein Jungvogel war durch einen für ihn glücklichen Umstand mit dem Schrecken davongekommen. Er war beim Schlachten übersehen worden. Wir zogen ihn groß und er wurde uns ein neckischer Freund, mit dem wir viele lustige Geschichten erlebten.

Unser Jakob

Das zweite Lehrjahr war vergangen, inzwischen hatten wir den dritten Lehrmeister. Im Betrieb änderte sich vieles. Besonders für uns gab es zum 1. September 1952 eine große Überraschung: Wir konnten eine Villa beziehen. Das Haus hatte einem Mann gehört, der mit unserer neuen Ordnung nichts im Sinn hatte, und deshalb in den goldenen Westen verschwunden war. Wir hatten von nun an ein richtiges Lehrlingsheim und bewohnten ein großes Balkonzimmer mit richtigen Möbeln. Das war klasse. Vergessen waren die Strohsäcke, die Mäuse und die Katzen. Das Tollste aber war, dass wir voll verpflegt wurden.
In unserer Gärtnerei wurde eine Betriebsküche eingerichtet. Unser Jakob, so hatten wir die aufgezogene Krähe getauft, lebte bei uns. Er war ein prächtiger Vogel mit blau-schwarzem, glänzendem Gefieder. Nichts an

ihm erinnerte auch nur im Entferntesten an den unglücklichen, kahlbäuchigen Jungvogel vom Mai. Ihm wurde der Balkon als Sommerwohnung zugewiesen. Als er noch nicht fliegen konnte, war auch kein Käfig nötig. Aber dann, als den ersten unbeholfenen Flugversuchen ein mutiger Ausflug auf die Straße folgte, mussten wir dem Schwarzrock ein altes Fischernetz über seine Behausung spannen. Jakob war frech, unberechenbar und immer hungrig. Er fraß alles, was wir ihm mitbrachten: Regenwürmer, Bratkartoffeln, junge Mäuse, Pflaumen, Brot und Engerlinge. Wenn wir von der Arbeit kamen, war seine Freude unbeschreiblich. Sein lautes Krahkrah wurde von Flügelflattern unterstützt. Er war erst zufrieden, wenn sein Kropf prall gefüllt war. Dann hatte er auch Gelegenheit, sich frei zu bewegen. Er flog Hermann auf den Kopf, um im nächsten Moment auf den Schrank zu segeln. Öfter gelang ihm dabei ein gezielter Sturz auf unseren gedeckten Tisch. Er hatte sich sehr an uns gewöhnt. Wenn ihn einer von uns rief, flog er sofort auf den ausgestreckten Arm des Rufers.
Wir nahmen Jakob jetzt auch mit zur Arbeit. Er blieb immer in unserer Nähe und vertrieb sich die Zeit mit verschiedenen Neckereien. Unserem Meister stibitzte er die geliebte Tabakspfeife und versteckte sie in der Dachrinne vom Geräteschuppen. Ein anderes Mal wunderte sich Mutter Bäselt, als sie ihr Frühstück aus der Stullenbüchse nehmen wollte und sie leer vorfand. Als sie, wie so oft, durch ihre eigenen Erzählungen abgelenkt gewesen war, hatte Jakob es ihr blitzschnell entwendet.
Berühmtheit erlangte unser gefiederter Freund bei unseren gemeinsamen Spaziergängen durch die Stadt, wenn er zwischen uns und verschiedenen Dingen, die

ihm interessant erschienen, hin und her flog. Erst saß er, von Passanten bestaunt, friedlich auf Wolfgangs Schulter und genoss förmlich die Aufmerksamkeit der Betrachter, um im nächsten Augenblick einen kühnen Ausflug auf ein Fensterbrett, einen Fahrradständer oder ein geparktes Auto zu starten. Wenn wir ihn dann riefen, kam er meistens sofort zurück. Besonderen Spaß machte es ihm, Hunde und Katzen durch Überraschungsangriffe in Panik zu versetzen. Dass er sich damit in größte Gefahr begab, war ihm sicher nicht bewusst. Hatte er einmal ein Opfer erspäht, beließ er es nicht bei einem kühnen Sturzflug, den er, begleitet von unschönem Gekrächze, kurz über dem Kopf des Vierbeiners abfing. Der erste Schreck des Angegriffenen schien ihn zu Wiederholungssturzflügen anzustacheln. Die meisten Hunde und Katzen schlug er auf diese Weise in die Flucht.

Peinlich wurde es für uns, als sich unser Jakob einmal einen stolzen Collie aus bester Familie als Ziel wählte. Das überraschte Tier machte einen mächtigen Satz und ließ seiner elegant gekleideten Herrin keine Zeit mehr, die um die Hand gewickelte Leine loszulassen. Die in hellen Pelz gekleidete Dame wurde umgerissen, ihr modisches Hütchen rollte in den Rinnstein, die teuren Strumpfhosen verwandelten sich in zwei breite Laufmaschen, welche von den Knien an auf- und abwärts liefen. Dabei stieß die verwundete Schöne fürchterliche Schreie aus. Das war unser Glück, denn dieser plötzliche Lärm war auch unserem Jakob zu viel, sodass er auf einen zweiten Anflug verzichtete und sich seinerseits erschrocken auf einen Dachfirst rettete. Das alles geschah in wenigen Sekunden.
Keiner der Passanten hatte die wahre Ursache für das

Missgeschick der jungen Dame beobachtet. Im Nu bildete sich eine Menschentraube um die Gestürzte, um Hilfe zu leisten. Da geschah das Unerwartete: Der Collie, der sich vom ersten Schreck erholt hatte, vermutete jetzt einen ernsthaften Angriff auf seine geliebte Herrin. Wütend stürzte er sich zuerst auf den Herrn Pfarrer, der seiner Angebeteten am nächsten war, und riss ihm ein beachtliches Stück Stoff aus der guten Hose. Dann war die übereifrige Fleischersfrau an der Reihe. Ihr fehlte im Handumdrehen der halbe Glockenrock. Entsetzt spritzten die Leute auseinander. Mühsam rappelte sich die Verunglückte, bewacht von dem böse knurrenden Hund, wieder auf. Wir verdrückten uns rasch hinter die nächste Hausecke. Jakob hingegen zeigte großes Interesse für das Chaos, das er verursacht hatte. Mit schief gehaltenem Kopf verfolgte er vom Dach der Bäckerei aus das Getümmel auf der Straße. Der Pfarrer hielt sich mit der linken Hand die lädierte Hose zusammen, um mit der rechten heftig zu gestikulieren. Die Frau des Fleischers war Hals über Kopf und laut quiekend mit ihrem zerfetzten Rock im Laden verschwunden und alle übrigen standen, in angemessenem Abstand vom Hund und der heulenden Schönen, herum. Die war eifrig damit beschäftigt, sich die aufgeweichte Schminke kunstvoll mit einem Tuch über das gesamte Gesicht zu verteilen, sodass sie einem Indianer mit Kriegsbemalung ähnelte. Hier war nichts mehr zu retten.

Von der gegenüberliegenden Straßenseite aus, versuchten wir unserem Jakob begreiflich zu machen, dass er jetzt verschwinden müsse. Da er aber nur Interesse für das spannende Ergebnis seines Streiches zu haben schien, gaben wir unsere Bemühungen auf. Als nun auch noch der ABV auftauchte, um Licht ins Dunkel der mysteriösen Angelegenheit zu bringen, machten wir uns endgültig aus dem Staub. Zu unserer Überraschung saß Jakob, als wir im Gärtnerhaus ankamen, schon auf der Balkonbrüstung und begrüßte uns unbekümmert mit seinem freudigen Krahkrah.

Jakobs neue Heimat und sein trauriges Ende

Die Lehrzeit war geschafft. Wir feierten unseren Abschluss mit selbst gemachtem Wein. Nun trennten sich unsere Wege. Wir zogen in die Welt, um unser Glück zu machen. Jakob konnte nicht allein bleiben und deshalb nahm ich ihn mit nach Templin, wo meine jüngeren Brüder einen kleinen Heimatzoo eingerichtet hatten. Hier sollte von nun an auch Jakob wohnen.
Hinter unserem Häuschen waren der Hühnerstall und ein mit alten Fischernetzen überdachter Zwinger. Zuerst etwas misstrauisch, aber dann immer selbstbewusster, nahm unser Schwarzrock seine neue Welt in Besitz. Nach einer Woche war er der Herr im Hause. Mit ihm bewohnten den kleinen Flugkäfig ein junger Schreiadler, ein flügellahmer Bussard und ein einäugiger Waldkauz. Alle hatten einmal Pech gehabt im Leben: Der Adler war von seinen älteren Geschwistern aus dem Horst gestoßen worden, der Bussard hatte bei der Jagd ein Auto übersehen, das seinen Sturzflug auf der A9 kreuzte und ihm dabei zum Glück nur den rechten Flügel brach. Und der kleine Waldkauz war Müllers in ein Fangeisen gegangen, das sie eigentlich für eine diebische Elster aufgestellt hatten.

Bei uns fanden sie Asyl und wir hatten alle Hände voll damit zu tun, die bunte Truppe immer satt zu bekommen. Dabei halfen uns Biene und Hummel, unsere beiden Terrierhündinnen. Sie waren Mutter und Tochter, und beide waren ganz wild darauf, Mäuse und Ratten zu jagen und zu fangen. Dass dabei mitunter auch ein Wildkaninchen daran glauben musste, war eingeplant. Nur wenige Tage dauerte es und Jakob war im Hause. Erst wenn er zum Platzen satt war, durften die anderen ihren Anteil kröpfen. Jakob war auch der einzige, der von Zeit zu Zeit den Käfig verlassen durfte. Wir machten uns seine besondere Abneigung gegenüber Katzen zunutze. Wenn Jakob frei herumflog, waren unsere Küken vor jeder Katze sicher. Einen besseren Wächter gab es nicht. Auf seinem erhöhten Sitz, meistens war es die Holzmiete, entging ihm nichts. Wagte sich eine Katze in die Nähe des Kükenauslaufs, war Jakob wie ein Wirbelwind über ihr. Sein ohrenbetäubendes Gekrächze, das wilde Flattern seiner Flügel, aber auch seine scharfen Krallen taten ein Übriges. Kein noch so dickfelliger Kater konnte diese überraschenden Angriffe aus der Luft ertragen. Alle ergriffen in panischer Angst die Flucht. Zwischen unseren beiden Hunden und Jakob herrschte seit einiger Zeit Waffenstillstand. So vergingen einige Jahre. Den Adler konnten wir an die Vogelschutzstation in Serrahn vermitteln, wo er sich langsam an ein neues Leben in Freiheit gewöhnte. Der Bussard konnte auch wieder fliegen und durfte sich in seiner früheren Umgebung umsehen. Jakob blieb der Herr auf dem Hof. Ihn kümmerten auch die wilden Artgenossen nicht, welche von Zeit zu Zeit in der Nähe auftauchten.
Eines Tages aber war er verschwunden. Erst nach Tagen konnten wir sein tragisches Ende aufklären:

Ein Nachbar, der schon oft Krähen in seinem Hühnerausflug gefangen hatte, weil sie das knappe Futter mitfraßen, hatte ihn nicht erkannt und erschlagen. Nun hing der Ärmste zur Abschreckung seiner wilden Artgenossen an einer Stange auf Müllers Hühnerhof. Wir alle waren traurig und wir werden unseren Jakob nie vergessen.

Knickerheime

Nach der Lehre ging es nach alter Sitte auf Wanderschaft. Gemeinsam mit einem Kollegen hatte ich in der Gärtnerpost ein Stellenangebot gelesen: Ein Baumschulbetrieb in Pechau bei Magdeburg warb um junge Fachkräfte, und wir gingen hin.

Die Unterbringung war miserabel, die Verpflegung ebenso, der Lohn lächerlich. Für eine Arbeitsstunde zahlte man uns gerade einmal 99 Pfennige. Ich wusste, hier würde ich nicht alt werden. Nach sechs Wochen ging ich zurück nach Templin, denn ich wollte hier als Stadtgärtner Arbeit suchen.

Leider hatte ich Pech; für einen Gärtner war keine Stelle frei. Kurz entschlossen machte ich mich 1952 selbstständig. Ich verhandelte mit meinem Lehrbetrieb und organisierte einen Verkauf von Obstgehölzen und Sträuchern in Templin. Ein Stück Acker für die Einschlaggräben fand sich in der Lychener Straße, beim damaligen VE-Gut. So war ich für sechs Wochen Kommissionshändler und die Einnahmen überstiegen alle meine Erwartungen. Selbstgestaltete Plakate, auf denen man das Angebot nachlesen konnte, lockten die Bauern und Kleingärtner in Scharen an. Alles wurde mit fachgerechtem Pflanzschnitt angeboten und nach sechs Wochen war die gesamte Baumschulware verkauft. Unter den Kunden war auch der Heimleiter des damaligen Spezialkinderheimes Neuhof. Er kam mit einigen seiner Jungs, um Bäume für den Heimgarten zu kaufen. Besagter Mann fragte mich, was ich denn machen würde, wenn der Verkauf hier zu Ende sei.

Ich hatte noch keine weiteren Arbeitsmöglichkeiten in Aussicht und er fragte mich, ob ich nicht im Kinderheim als Erzieher bzw. Laienhelfer anfangen wollte: 320 Mark brutto, freie Kost und Logis, alles weitere sollte sich regeln lassen. Die Jungs, alle aus Berlin, waren zum Teil nur zwei Jahre jünger als ich. Aber das war zu diesem Zeitpunkt kein Problem für mich. So begann meine pädagogische Laufbahn. Bisher hatte ich in der Baumschule dafür gesorgt, dass die jungen Bäume gesund und gerade wuchsen, jetzt sollten es also junge Menschen sein, die ich erziehen und auf das Leben vorbereiten würde.

Die Spezialisten

„Spezialkinderheim" nannte man unser Kinderheim Neuhof in Templin, das 45 muntere Berliner Jungs von der 5. bis zur 8. Klasse beherbergte. Man bezeichnete sie auch als „Schwererziehbare", doch das ist nicht die ganze Wahrheit. Schwierig waren sie schon, jeder auf seine Weise. Einige hatten ihre Familien im Krieg ver-

loren, andere waren durch zerrüttete Familienverhält-
nisse nach dem Krieg auf Abwege geraten, aber im Großen und Ganzen waren wir eine dufte Truppe. Und wir
hatten tatsächlich „Spezialisten" unter uns.

Nehmen wir zum Beispiel Lothar. Sein trunksüch-
tiger Vater hatte ihn darauf trainiert, anderen Leuten
in der S- oder U-Bahn Geld und Lebensmittelkarten zu
klauen. Er entwickelte darin großes Geschick, denn
wenn er nichts mitbrachte, bezog er Prügel. Dann war
da noch Kalle. Er war Pelzspezialist. Im größten Ge-
dränge der S- und U-Bahn trennte er feinen Damen mit
einem Rasiermesser die Rückenteile aus ihren Pelzmän-
teln, um sie in Grundgesundbrunnen bei einem Händ-
ler zu versilbern. Einige der Jungs hatten Erfahrung mit
Taxen und anderen Autos. Keine Verriegelung konnte
ihren geschickten Händen widerstehen.

Man könnte diese Aufzählung noch lange fortfüh-
ren, aber darum soll es hier nicht gehen. Kommen wir
lieber zu den Gemeinsamkeiten: Alle Jungs waren, bevor man sie schnappte und ins Heim brachte, lange
nicht zur Schule gegangen. Zum Zweiten wussten alle,
was Hunger heißt, und wie man sich fühlt, wenn man
keine Bleibe hat. Die Ruinen von ganz Berlin waren
über Monate genauso ihr Zuhause wie die U-Bahnhöfe
und im Sommer die Brücken. Dabei kamen sie notge-
drungen anderen Gewerben ins Gehege. Kurzum, sie
hatten schon in unserer Kindheit die dunkelsten Ecken
des Lebens durchstreift und dieses Leben hatte ihnen
hart zugesetzt und sie geprägt.

Nun waren sie im Neuhof. In drei Gruppenräumen
stand für jeden ein eigenes, weiß bezogenes Bett und es
gab auch dreimal am Tag etwas zu essen. Zur Schule

sollten sie nun auch wieder gehen, aber das klappte zunächst nicht; sie kamen nur zu den Mahlzeiten und zum Schlafen ins Haus. Am Tage lebten sie unter der Erde. Alte Infanteriestellungen, Laufgräben und Unterstände hatten sie sich wohnlich eingerichtet, eine Abteilung war ständig damit beschäftigt, am Postheim Kippen zu sammeln. Wenn die Lunge piept, muss man qualmen, das ist eben so. Im Sommer ging das alles ganz gut, aber als es kühler wurde, gab es die ersten zaghaften Meutereien. Der Heimleiter nutzte die Lage sofort für sich aus. Er war eine riesige Gestalt, hatte einen dicken Bauch, rauchte Toof und trank literweise Schwarztee mit Zucker. Als die Kippen knapp wurden, schmiss er eine Runde und saß selbst rauchend vor dem Eingang zum Befehlsstand. Rein konnte er nicht, denn der Eingang war für ihn viel zu klein. Eines Tages begann es zu regnen, als er wieder auf den Balken vor dem Bunker saß und eine spannende Seeräubergeschichte erzählte. Draußen sitzen war nicht mehr, die Geschichte war aber so spannend, dass die Jungs sie weiter hören wollten. Kurz entschlossen wurde der Eingang vergrößert, damit auch Herr Rostock durchpasste. Seine Geschichten, die von Bärentötern, Goldsuchern und Abenteurern handelten, waren einfach klasse. Einige Tage ging das nun schon so, aber die Herbstkühle und die Feuchtigkeit kroch den Jungen in die alten Klamotten, bis unter die Haut. Einige waren schon mächtig erkältet.

Da hatte Gerhard eine Idee: Wir bauen uns ein Blockhaus mit einem richtigen Herd, dann brauchen wir nicht mehr unter die Erde zu kriechen. Werkzeug war schnell beschafft und Bäume standen genug auf dem Heimgelände. Los ging's. Begeistert wurde gearbeitet und nach drei Tagen waren die Wände schon einen

Meter hoch. Da kam unser Heimleiter – er war inzwischen zum Stammesältesten ernannt worden – bedrückt zur Baustelle.

„Was ist los?“, fragten wir.

„Jungs, ich muss euch verlassen.“

„Aber warum denn so plötzlich?“

„Naja, der Schulrat hat mich angerufen und mir gesagt, wenn ich euch auch nur noch einen Tag länger von der Schule fernhalte, werde ich entlassen.“

Alle waren bestürzt. Doch Hotte wusste Rat: „Leute, wenn wir am Vormittag drei Stunden in die Schule gehen, können wir ja trotzdem das Blockhaus bauen.“ Das leuchtete allen ein.

„Na, dann ist ja alles klar“, rief Locke. „Wir werden doch einen Kumpel nicht im Stich lassen!“

Als ich 1952 als Laienhelfer im Kinderheim anfing, war das alles schon Geschichte. Die Schule war zur Regel geworden und auch sonst gab es einige Neuerungen, wie zum Beispiel die Gruppenpläne oder den Schweinedienst. Aber darauf komme ich noch zurück. Als ich der Rasselbande vorgestellt wurde, war ich 18 Jahre jung und hatte neben meiner abgeschlossenen Gärtnerlehre nur noch einige Kenntnisse im Boxsport. Ich trainierte zweimal in der Woche im Weltergewicht und Karl-Heinz, gelernter Schuster, war mein Sportkamerad und auch als Erzieher im Neuhof. Er boxte zwar im Mittelgewicht, das hielt uns aber nicht davon ab, einen Einstandskampf im Schlafsaal mit sechs Unzen über zehn Runden zu veranstalten.

Bis zur sechsten Runde ging alles schulmäßig. Dann wurde es härter, denn wir hatten uns gegenseitig wehgetan. Kneifen gab es nicht. Ein dickes Ohr und ein blaues Auge waren das Ergebnis des mit Würde durchgestandenen Kampfes. Wir umarmten uns nach dem Gefecht und gaben uns so ungerührt und fröhlich, wie es unsere Blessuren zuließen. Ich war aufgenommen und wurde mit Du angesprochen. Die ältesten Jungs waren ja auch nur zwei Jahre jünger als ich.

Unsere Schweine

Das war eine große Errungenschaft: Zwei Läufer nannten wir seit Kurzem unser Eigen. Nur die Besten unter uns durften sie füttern und ausmisten. Die Abfälle aus unserer Gemeinschaftsküche reichten selten aus, um die Borstentiere satt zu machen. So wurde in der Nachbarschaft dazu gesammelt und auch Grünfutter als Zukost beschafft.

Eine schwierige Entscheidung

Die Vorbereitungen für das zweite Deutschlandtreffen in Berlin liefen auf Hochtouren. Die damals wenigen hauptamtlichen Funktionäre der FDJ-Kreisleitung fuhren tagelang mit den Fahrrädern von Dorf zu Dorf, um bei den Bauern Naturalspenden für das Treffen zu sammeln. Wir erlebten, wie ein Sekretär mit

12 Eiern zurückkam, und das war bereits das Ereignis des Tages. Da reifte in uns der Plan heran, zu helfen. An diesem Abend saßen wir nach dem Abendessen noch lange im Speisesaal und berieten über das Für und Wider. Eines von unseren Schweinen stand zur Diskussion: Spenden oder selber essen? Das musste nun gründlich ausdiskutiert werden, denn Hunger hatten wir immer und Fleisch war knapp.

Um 23 Uhr wurde abgestimmt und 80 Prozent waren für Spenden. Die anderen fügten sich der Mehrheit. An unsere Spende sollte aber eine Bedingung geknüpft sein: Das Schwein wurde mit einem Schild versehen, auf dem stand: Ich komme aus dem Kinderheim Neuhof und bin eine Spende für das Deutschlandtreffen. Es musste mit einer Delegation bis zur FDJ-Kreisleitung getrieben werden und der Erste Sekretär sollte die Sau dann demonstrativ bis zur Verladung zum Bahnhof treiben. So hatten wir es beschlossen und so wurde es gemacht. Viele Bauern, die es sahen, schämten sich insgeheim und die Spenden wurden großzügiger.

Hurra, wir gehen ins Kino!

Der Winter war hart und unsere Kleidung ließ sehr zu wünschen übrig. Es fehlten vor allem lange, warme Hosen. Die Frauen in der Nähstube hatten eine tolle Idee: Sie fertigten aus alten Wolldecken Bundhosen an und zu Nikolaus hing über jedem Stuhl eine neue Hose, maßgeschneidert für den neuen Besitzer. Den kleinen Schönheitsfehler, den alle Beinkleider hatten, nahmen

wir lachend in Kauf, denn auf jeder Hose war breit ein-
gewebt zu lesen: Eigentum der Stadt Berlin. So marschierten wir zum Kino.

Das Schlachtfest und seine Folgen

Kurz vor Weihnachten war es so weit. Unser verblie-
benes Mastschwein hatte sich prächtig entwickelt. Über
drei Zentner brachte es auf die Waage.

Nun war es Zeit. Erich, ein ehemaliger Heimjunge,
war nun schon fast ein Jahr in der Fleischerlehre und
wurde dazu bestimmt, das Unabänderliche in die Hand
zu nehmen. Alle Vorbereitungen waren getroffen. Ich
sollte mit Erich das Schlachten übernehmen. In der
Waschküche kochte das Wasser in einem großen Kessel, denn das Schwein musste ja gebrüht werden. Einen
Schussapparat hatten wir nicht und als das Schwein
nun endlich in der Waschküche war, kam die große Axt
zum Einsatz. Bis auf Kleinigkeiten, die ich hier nicht
näher beschreiben will – alle Beteiligten außer dem
Schwein sind noch am Leben – ging alles planmäßig.
Ich rührte das Blut und auch das beschwerliche Brühen
war irgendwann geschafft. Nachdem wir das Tier zer-
legt hatten, wurde ein großer Kessel Blutwurst gekocht.
Alles, was sich dafür anbot, wurde in den Kessel ge-
brockt.

Am Abend waren wir fertig, und 45 hungrige Jungs
warteten schon lange auf das Festessen, denn am Mittag hatte es nur eine Mehlsuppe gegeben. Nun gab
es Topfwurst mit Pellkartoffeln. Das schmeckte! Alle

konnten sich richtig satt essen und den Wurstkochern wurde ein Loblied gesungen.

Was dann kam, war unerwartet und überwältigend. Schon in der Nacht ging es los: Alle Toiletten waren besetzt, jeder trug zur Sicherheit entsprechendes Papier bei sich. Am darauffolgenden Tag war kein normaler Unterricht möglich und weil wir nun mal bloß sechs Toiletten hatten, eilten viele ins Freie. Nach kurzer Zeit war das gesamte Gelände „vermint". Die Wurst war aber trotzdem klasse, und als wir die dicke Schmalzschicht abgeschöpft hatten, konnten wir auch die verbliebenen Reste mit Bedacht verzehren.

Ein Heim für verunglückte Vögel

Ein Vogel mit einem gebrochenen Flügel wurde zu uns gebracht. Wie das geschehen war, blieb sein Geheimnis. Wir setzten ihn in den Hühnerzwinger. Er hatte sich wohl schon aufgegeben. Zusammengeduckt kauerte er sich in eine Ecke und schloss die Augen. Die Hühner beäugten ihn, stolzierten verlegen um ihn herum und unterhielten sich in ihrer Hühnersprache. Gackgackgack. Nach kurzer Zeit beachteten sie den Fremdling nicht mehr, spätestens als ich frische Weizenkörner streute, war er vergessen. Doch zu unserer Überraschung weckte die fressende Hühnerfamilie Neugier und neuen Lebensmut bei unserem Pflegling. Zuerst verfolgte er nur mit den Augen das Treiben, aber schon nach einer Stunde interessierte auch er sich für das Getreide. Zögernd und umständlich pickte er ein Korn auf, das in seiner Reichweite lag. Dann reckte er den zusammengekauerten Körper, um weitere Körner zu erreichen. Mit jedem gefressenen Korn schienen seine Lebensgeister mehr zu erwachen. Bald stand er, noch schwankend, auf und pickte, erst langsam, dann immer hastiger, das Futter.

Wie lange mochte er wohl nichts mehr gefressen haben? Nun war das Schlimmste überstanden. Unser Ringfasan zeigte nach der Mahlzeit auch wieder Interesse für eigene Körperpflege. Er sortierte einige in Unordnung geratene Federn, plusterte und schüttelte sich und benahm sich, als hätte er schon sein ganzes Leben hier im Zwinger verbracht. Unser Goldie erholte sich schnell. Sein Gefieder glänzte in der Maisonne und er war genauso zutraulich wie unsere weißen Leghornhennen. Nur einen Unterschied gab es: Er ging am Abend nicht mit ihnen durch die Hühnerklappe, um im Stall auf der Stange zu schlafen, er zog es vor, im Freien auf der Holzmiete zu übernachten, und das bei jedem Wetter.

Nach dem 15. Mai kaufte ich uns 20 Eintagsküken. Da wir keine Glucke hatten, mussten die kleinen Dudenbällchen die ersten Tage in einer Kiste unter einer Rotlichtlampe verbringen. Nach 14 Tagen brachten wir sie bei Sonnenschein auf den Hof, unter einen Drahtzwinger. Bald wurde diese Umzäunung zu eng. Nun stellte ich den Zwinger auf vier Mauersteine, sodass das Kükenfutter für die anderen Hühner, und auch für die Spatzen, unerreichbar war. Die Küken konnten nun ihre Neugier befriedigen und im Hof nach Käfern und Würmern suchen. Mir fiel auf, dass sich unser Fasanenmann auffällig für die Kleinen interessierte. Diese Bindung wurde durch ein besonderes Ereignis endgültig besiegelt: Die Küken waren wie sonst auf ihrem Ent-

deckungsausflug zwischen den Himbeerruten, als ur-
plötzlich ein gewittriger Regenschauer aus den blei-
grauen Wolken herabstürzte. Panik brach aus. Die
Küken rannten durcheinander und suchten Schutz.
Da geschah das Unerwartete: Der Fasan duckte sich,
spreizte die Flügel und lockte sie an wie eine Glucke.
Sie hatten das Signal verstanden. Schnell nahmen sie
das väterliche Angebot an und krochen unter die schüt-
zenden Flügel. Von nun an führte der Fasan die Waisen
wie eine Glucke. Er lockte sie, wenn er einen besonders
schmackhaften Wurm gefunden hatte, er brachte ihnen
das Scharren bei und beschützte sie, wie es eine echte
Mutter nicht besser gekonnt hätte, vor allen Gefahren.
Wenn sich eine Katze zu nahe an die Küken heran-
wagte, dann war im Nu der Pflegevater wie ein Unwet-
ter über ihr. Flatternd, mit Schnabelhieben, trieb er den
überraschten Räuber vom Grundstück. Trotz allem,
die Nächte verbrachten sie getrennt: die Küken in der
Kükenkiste und Goldie auf der Holzmiete. Von seinem
erhöhten Schlafplatz aus begrüßte er jeden Morgen die
aufgehende Sonne mit seinen weit schallenden läuten-
den Rufen. Über ein Jahr war er unser Pflegling nun
alt und in dieser gesamten Zeit hatte er jede Nacht auf
der Holzmiete übernachtet. Eines Morgens war er verschwunden und keiner wusste wohin.

Lehrer

Neben meiner Arbeit als Erzieher im Kinderheim Neuhof begann ich ein Fernstudium für Unterstufenlehrer am Institut für Lehrerbildung in Templin. Als das Kinderheim geschlossen wurde, war ich noch nicht mit dem Studium fertig, was den damaligen Kreisschulrat aber nicht daran hinderte, mich schon voll als Lehrer an der Übungsschule anzustellen.
Meine liebe Frau, selbst Vorschulerzieherin, hatte mich als begnadeten Lehrer beschrieben und somit die Entscheidung beschleunigt.
Nun begann ein neuer Abschnitt meiner pädagogischen Arbeit. Ich wurde Klassenleiter der 8. Klasse und unterrichtete die Klassen 1 bis 8 in den Fächern Kunst, Musik, Schulgarten und Sport. Die Lehrer des Instituts kamen mit ihren Studenten zum Hospitieren in meinen Unterricht. Aber alles klappte gut und die Arbeit machte mir viel Freude.
Mit meiner 8. Klasse organisierte ich ein vielseitiges außerunterrichtliches Leben, dessen Höhepunkt ein gelungenes Ferienlager war. Wir zelteten am Gleuensee, wobei wir alte Armeedecken zu Zelten umfunktionierten. Einmal am Tag brachte uns Herr Merten mit seinem Ponywagen Mittagessen aus der Schulküche vorbei. Wir angelten und schuppten viele Fische, die Herr Schröder, der damalige Direktor des Instituts, mit seinem Motorboot abholte, um mit Hilfe seiner Frau daraus eine große Wanne voller Fischbuletten zu zaubern. Das war ein Festessen!

Wir bauten uns Binsenboote und machten als „Piraten" den Gleuensee unsicher.

Täglich schickte ich einen Schüler auf dem Fahrrad mit einem selbstgefangenen Aal nach Templin zu seiner Familie, um sie zu überraschen. Die Schüler von damals sind heute schon über 70 Jahre alt, aber von diesen Erlebnissen berichten sie heute noch.

Im darauffolgenden Jahr bestand ich meine erste Lehrerprüfung und wurde vom Kreisschulrat ins Pionierhaus versetzt – galt es doch, in allen Schulen des Kreises die außerunterrichtliche Arbeit zu verbessern.

Ich halte es für lohnenswert, sich Episoden aus dieser Zeit in Erinnerung zu rufen, ereigneten sie sich doch in einer Zeit, die aus heutiger Sicht wie ein Traum erscheint. Jedes Kind konnte in Arbeitsgemeinschaften seinen Interessen auf den unterschiedlichsten Gebieten nachgehen. Die Klassenlehrer besuchten im Laufe eines Schuljahres jedes Elternhaus mindestens ein- bis zweimal. Die Klassenelternversammlungen rundeten die enge Verbindung zwischen Elternhaus und Schule ab. Jede Klasse hatte auch eine Patenbrigade aus einem Betrieb. Allein zu diesem Thema könnte man dicke Bücher schreiben; ich werde mich drauf beschränken, nur einige Episoden zu erzählen.
Ein fester Bestandteil der außerschulischen Arbeit waren in allen Klassenstufen die Freundschaftstreffen mit ausländischen Kindern. Während der Ferien herrschte internationales Treiben. Viele Kinder konnten in den Betriebs- oder den zentralen Ferienlagern fröhliche, erlebnisreiche Ferien verbringen. Pro Kind kostete das eine Mark für 14 Tage.
In den 50er Jahren erhielt ich den Auftrag, einen Ferienaustausch nach Polen zu leiten. Drei siebente Klassen aus dem Kreis Templin durften als Auszeichnung für gute Arbeit für 14 Tage nach Polen in drei

Zeltlager bei Stargard reisen. Wir fuhren mit einem Reisebus zur Grenze. Dort wurden wir schon erwartet. Wir stiegen in den polnischen Bus um, und die polnischen Kinder kletterten in unseren Bus, um in drei DDR-Ferienlager zu reisen. Die Zielpunkte waren Trassenheide, Aalbeck und das Woroschilowlager bei Hammelspring.

In unseren drei Lagern hatte jede Gruppe einen Gruppenleiter, oder der Klassenlehrer betreute sie. Mir war die Gesamtaufsicht übertragen. Ich konnte, ganz nach Belieben, in jedes der drei Lager fahren, um mich zu überzeugen, dass alles in Ordnung war.

Das Ferienlager, in dem ich die nächsten 14 Tage wohnte, lag bei Stargard, inmitten der unberührten Natur an einem See. Als festes Gebäude gab es da nur eine unterkellerte alte Waschküche. Diese gehörte zu einem im Krieg zerstörten Gutshaus, von dem nichts mehr übrig war als eine Wasserpumpe. Unsere Gruppe bezog zwei große Zelte – ein Mädchen- und ein Jungszelt. Es gab auch ein sehr großes Essenszelt mit 150 Plätzen. Lange Tische und Bänke gehörten zur Ausstattung. Neben den Gruppenleitern und dem Lagerleiter gab es nur noch eine Köchin. Täglich war eine Gruppe fürs Helfen in der Küche eingeteilt, die Köchin organisierte die zu erledigenden Arbeiten. Da es in Polen normal war, zu Mittag drei Gänge anzubieten, war das eine ordentliche Leistung. Und das alles ohne technische Hilfsmittel!

An eines konnten wir uns nur schwer gewöhnen: die Toiletten. Etwas abseits, in einer Schonung, waren zwei Gräben ausgehoben. Darüber lagen Bretter im Abstand von etwa 30 Zentimetern. In diese Zwischenräume musste man aus der Hocke heraus treffen. Neben jedem Graben lag ein Haufen Kalk. Dieser wurde von Zeit zu Zeit auf die Hinterlassenschaften geschippt. Der Kalk neutralisierte den Geruch und schreckte die Fliegen ab. Ungefähr 150 Personen verrichteten hier ihre Notdurft; das war hier völlig normal.

Jeder Ferienlagertag begann mit einem Fahnenappell. Der Tagesplan wurde verkündet, anfallende Aufgaben wurden erläutert und dann durften wir frühstücken. Auf dem Dach des Essenzeltes stand „Schmatsch nego" – guten Appetit.

In der Umgebung gab es drei Dörfer und alle lagen etwa sechs bis acht Kilometer von unserem Zeltlager entfernt. Drei Gruppen erhielten die Aufgabe, in diesen Orten besondere Fragen zu erforschen. So sollte in Dorf A zum Beispiel erforscht werden, wie weit die Bauern mit der Ernte sind und ob sie dabei noch Hilfe benötigten. Im Dorf B ging es darum, ob es für die Kinder einen Spielplatz mi Sandkasten, Schaukel und Wippe gab. Und im Dorf C galt es herauszufinden, wie es um die Kultur stand: ob regelmäßig der Landfilm ins Dorf kam und was sonst an kulturellen Aktivitäten für die Bewohner angeboten wurde. Unsere Gruppe war im Dorf C aktiv. Wir fanden heraus, dass der Landfilm schon lange nicht mehr ins Dorf gekommen war, und dass es bis auf einen gemischten Chor, in dem Kinder und Erwachsene einmal in der Woche sangen, keinerlei kulturelle Erbauung gab.

Damit war unsere Aufgabe klar, hier konnten wir aktiv werden. Unser Ziel war es, das ganze Dorf zum gemeinsamen Singen am Lagerfeuer auf dem Dorfplatz zu versammeln. Dazu waren umfangreiche Vorbereitungen nötig, denn es sollte schon am kommenden Sonnabend stattfinden. Die Menschen wurden aufgerufen, bei den Vorbereitungen zu helfen. Es musste Holz für das Feuer organisiert und aufgeschichtet werden.

Sitzgelegenheiten waren herbeizuschaffen. Ich hatte mein Akkordeon auf den Spaziergang durchs Dorf mitgenommen, bei dem wir die genaue Zeit für den Beginn des Treffens am Feuer auf dem Dorfplatz bekanntgaben. Mit Musik und Gesang erreichten wir alle im Dorf. Als wir zwei Tage später am Abend das Dorf und den Festplatz erreichten, war alles gut vorbereitet. Das Lagerfeuerholz war fachmännisch aufgeschichtet und um die Feuerstelle waren eine Menge Sitzgelegenheiten aufgestellt: Stühle, Hocker, Holzklötze, und für unsere Gruppe stand eine lange Turnbank bereit. Einer Regel zufolge musste der Gast das Feuer mit einem Streichholz anzünden. Diese Ehre wurde mir zugesprochen. Als es mir auf Anhieb glückte, erntete ich großen Beifall. Es war schwülwarm, die Gewitterluft und die Mücken waren lästig und stachen uns besonders gern in die nackten Beine. Wir wickelten sie in Decken und konnten so die Plagegeister von unseren Beinen fernhalten. Das Feuer beziehungsweise der leichte Rauch taten ein Übriges.

Die Stimmung war herzlich und fröhlich. Jede Gruppe war mal mit dem Singen an der Reihe. Wir hatten schon zwei Lieder gesungen und wurden durch großen Beifall aufgefordert, noch eine Zugabe zu geben. Wir stimmten das Schunkellied „Das Burlebübele mag i net" an, aber als die Stelle „nach vorn, nach hinten" kam, war es aus mit dem Singen. Da wir die Beine in die Decken gewickelt hatten, konnten wir beim „nach hinten" die Balance nicht mehr halten und die gesamte deutsche Delegation kippte mit der Bank hintenüber und streckte die Beine in die Luft. Dafür gab es Riesenbeifall. Noch einmal, noch einmal! Es blieb uns nichts anderes übrig, aber für die Wiederholung legten wir die

Decken lieber beiseite und unterstützten unseren Gesang durch das Akkordeon. Alle schunkelten das Lied fröhlich mit und erst im Dunkeln traten wir den Weg durch Wald und Wiesen zurück ins Lager an.

Fackelzug

An einem heißen Tag gab es für uns unerklärliche Aktivitäten im Lager. Wir konnten uns nicht erklären, warum alle Kinder ihre Festkleidung anlegen sollten. Die sonst so unumstößliche Mittagsruhe fiel aus. Schon eine Stunde nach dem Mittagessen lag eine geheimnisvolle Erwartung über dem Lager. Unser Dolmetscher war nicht erreichbar und wir blieben im Ungewissen. Dann wurden wir aufgefordert, uns alle zum Abmarsch bereit zu machen. Im Gänsemarsch ging es durch die Wiesen. Unsere Gruppe ging ganz hinten. Nach ungefähr 15 Minuten sahen wir auf einem Hügel am Feldrand einen Bus. Die lange Schlange aus Kindern und Betreuern stieg in das altersschwache, klapprige Fahrzeug. Ich konnte kaum glauben, wie viele Menschen in so einem Fahrzeug Platz hatten. Ich stieg als Letzter ein. Mit dem Akkordeon vor der Brust war ich eingeklemmt zwischen Kindern und dem Busfahrer. 150 Personen saßen, hingen und standen in dem mindestens 30 Jahre alten Gefährt. Doch alle waren fröhlich und sangen lustige Lieder. Der Busfahrer strahlte und forderte mich ermunternd auf: Na, spielen Musik! Das war aber nicht möglich. Ich war so eingeklemmt, dass ich kaum Luft bekam, an Akkordeon spielen war nicht zu denken. Die Fahrt ging über holprige Feldwege. Der alte

Bus ächzte und rumpelte bis zur Landstraße, einem uns noch immer unbekannten Ziel entgegen.

Wir wurden von einem Motorrad mit Beiwagen überholt. Wie unser Bus war auch die alte Molotow völlig überladen: Ich zählte sieben Personen, Kinder und Erwachsene. Alle winkten uns fröhlich zu und unser Fahrer winkte zurück. Endlich, nach 45 Minuten, war das mysteriöse Ziel erreicht. Es war eine kleine Stadt, deren Namen ich vergessen habe. Obgleich wir auf der Fahrt alle Fenster offen hatten, waren wir schweißgebadet. Die Pionierblusen und unsere Hemden klebten auf der Haut. Wir betraten einen Schulhof, dort bekam jeder von uns eine ca. 1,20 m lange Holzlatte, mit der wir in einen Schuppen geschickt wurden, in dem die Frau des Hausmeisters jedem einen Streifen einer ehemaligen Wolldecke übergab. Dazu bekam jeder noch ein Stück Bindedraht. Nun sollten wir den Stoffstreifen um den oberen Teil der Latte wickeln und dann mit dem Bindedraht befestigen. Danach ging es wieder auf die Straße. In Sechserreihen marschierten wir mit unseren umwickelten Knüppeln quer über die Fahrbahn. Inzwischen war es fast dunkel geworden. Es roch nach Rauch und Petroleum. Vor uns sahen wir Feuerschein und es stank nun regelrecht nach Petroleum. Auf der Straße zwischen den Reihen standen Eimer, die voll davon waren. Neben jedem der Eimer war ein Helfer postiert, der uns zu verstehen gab, dass wir unsere umwickelten Leisten in die Eimer tauchen sollten. Etwa 100 Meter weiter standen junge Burschen mit brennenden Fackeln. Die machten uns deutlich, dass wir unsere getränkten Lumpen an ihren brennenden Fackeln entzünden sollten. Plötzlich waren die Straße und der Platz vor einem Denkmal hell erleuchtet. Der Petroleumgestank wurde vom Geruch brennender

Lumpen abgelöst. Ein Redner hielt eine scheinbar wichtige Ansprache und als er 15 Minuten später damit fertig war, er-loschen unsere, wie auch alle anderen Fackeln. Die Überreste kamen in einen aufgestellten Kipper.
Inzwischen war es ganz dunkel geworden und wir kletterten in den uns schon bekannten Reisebus. Wen oder was wir damals mit dem Fackelmarsch geehrt haben, ist mir bis heute nicht bekannt, aber eins steht fest: Die Organisation des Ereignisses, bis hin zum Improvisieren, war erstaunlich gut gelungen. Bei uns in Deutschland wäre das nicht möglich gewesen.

Ich glaube, dass die internationalen Ferienlager und Freundschaftstreffen generell unauslöschliche, prägende Erlebnisse für alle Beteiligten waren.

Mein erster Aal

Es war zu Beginn der 50er Jahre. Damals war das Angeln nicht nur Sport, sondern für viele von uns eine wesentliche Hilfe bei der täglichen Ernährung. In dieser Zeit hatte ich auf dem Lübbesee mein Revier. Ich hatte einem Freund ein uraltes Faltboot für 25 Mark abgekauft. Das Gewebe war genauso morsch wie das Leistengestell. Den bauchigen Rumpf zierten vielerlei Flicken aus verschiedenen Stoffen. Ich glaube, der Seelenverkäufer wurde vor allem durch die Lackfarbe zusammengehalten. Man musste mit sehr viel Gefühl einsteigen, um nicht womöglich durch den Rumpf zu treten. Wenn man aber einmal im Boot saß, gehorchte es jedem Paddelschlag sofort, es war federleicht und glitt über das Wasser wie ein Wasserball bei Sturm. Selbst der Fischer mit seinem zwar dieselgetriebenen, aber schwerfälligen Kahn konnte mein Tempo nicht mithalten. Und das war auch gut so, denn nicht immer konnte das Bootsinnere mit den vielen Angeln zur Besichtigung freigegeben werden. Zu dieser, meiner neuesten Errungenschaft, dem Boot, kam eine zweite: Meine Frau hatte mir eine Grundrolle aus Plastik geschenkt. Nachdem ich für dieses Gerät nun eine spezielle Wurfrute aus Wacholder gefertigt hatte, sollte sie zu ihrem ersten Einsatz kommen. Hundert Meter 35er-Leine waren aufgespult und ohne Pose, nur mit Grundblei, versuchte ich den ersten Wurf. Schurrr! 25 Meter waren eine Perücke, wie sie im Buche steht. Mühsam entwirrte ich das Gehedder, um danach die mit Tauwurm bestückte Angel auszuwerfen. Diesmal war die Wirkung noch verheerender und das verfilzte Knäuel war nicht mehr zu retten. Nach einer halben Stunde verzweifelter Bemühungen gab ich auf und schnitt das Gewirr gänzlich ab. Blei und Haken schlaufte ich am Rest der Schnur neu an, und nun wollte ich nichts mehr riskieren. Deshalb zog ich die beiden Mauersteine, die mir als Anker dienten, an Bord und paddelte ca. 30 Meter weiter auf den See hinaus. Dort senkte ich den zappelnden Wurm in unbekannte Tiefen und ließ mich von einer leichten Brise zur Angelstelle zurücktreiben. Dabei zog ich langsam die Schnur von der Rolle, sodass der Köder an der gewünschten Stelle liegen blieb. Dicht am Rohr ankerte ich erneut, steckte die Rollangel zwischen zwei Leisten und nahm die Stippangel, um den Plötzen, Rotfedern und Barschen die quicklebendigen Mistmaden vor die Mäuler zu halten. Die schienen riesigen Hunger zu haben und beschäftigten mich so, dass ich meine Grundangel ganz vergaß. Nach zwei Stunden hatte ich neben einem kräftigen Sonnenbrand auf den Schultern fast 100 Bratfische im Setzkescher. Da riss mich ein mir bislang unbekannter schnarrender Ton aus meiner Konzentration. Die große schwarze Plasterolle raste los, als wollte sie sich selbst überholen. Im Handumdrehen war die restliche Sehne von der Rolle und die Wacholderrute wippte ruckartig mit der Spitze ins Wasser. Schnell legte ich die Stippe ins Boot und griff nach der Rollangel. Der Fisch musste riesig sein, denn er hatte beide Ankersteine schon von der Scharrkante in die Tiefe gezogen. Das leichte Boot bekam langsam Fahrt. Ich kurbelte wie besessen, doch es ging sehr schwer. Wenn der Fisch ruckte, war die Rolle kaum zu bewegen. In dieser Aufregung verklemmte sich auch noch die Schnur in der Rolle und das Aufrollen war unmöglich. Da half nichts. Ich musste die Sehne in die Hände nehmen. Erst jetzt sah ich etwa 20 Meter vom Boot entfernt den weißen Bauch eines riesigen Aals. Der Fisch versuchte sich durch Drehen vom Haken zu befreien. Ich vergaß alle Vorsicht und stand in meinem Boot auf. Meine Knie zitterten, als der Fisch dicht am Boot versuchte, mit dem Schwanz die Seerosen zu fassen. Es ist mir heute noch ein Rätsel, wie ich diesen Burschen ins Boot bekommen habe. Ich weiß nur noch, dass mir ein anderer Angler zurief: „Nimm ihn ohne Kescher!" Zum Glück hielt die Schnur, als ich den Fisch mit Schwung über die flache Bordwand gleiten ließ, wobei auch einige Liter Wasser mit ins Boot schwappten. Jetzt kauerte ich herzklopfend über meiner Beute. Es war mein erster Aal, gefangen um 12 Uhr, in der größten Mittagshitze. Damit mir der armstarke Kerl nicht doch noch entwischte, tötete ich ihn, nahm Anker und Setzkescher an Bord und paddelte eilig ans heimatliche Ufer zum Postheim. Zwei Kilo brachte der Schwarze auf die Waage. Das war ein Einstand, aber das Werfen mit der Rolle musste ich noch lange üben.

Der Zanderberg

August 1960. Den ganzen Juli hindurch hatte es fast täglich geregnet. Nun schien die Sonne, endlich war es richtig Sommer geworden. In der besagten Regenzeit war ich im Pionierlager als Freundschaftsleiter tätig gewesen. Jetzt hatte ich Urlaub. Nach einem langen Schuljahr wollte ich mich mal richtig entspannen. Schon lange war mein abgedeckter Ruderkahn mit dem eingebauten Zweieinhalbtümmler nicht mehr bewegt worden.

Die Vorbereitungen für meine erste Angelfahrt in diesem Jahr waren erledigt. Schon sehr früh hatte ich alles Nötige ins Boot gebracht. Am meisten freute ich mich darüber, dass es mir gelungen war, am Vorabend herrliche Anstecker, Kaulbarsche und kleine Güstern, in großer Menge zu fangen. Diese frischen Happen versprachen einen guten Fang. Kein Raubfisch würde widerstehen können, wenn ich ihm einen solchen Leckerbissen vors Maul hielt. Das Problem bestand also nur darin, die Raubfische zu finden.

Der Röddelinsee war groß, tief und flach, mit steinigem oder morastigem Grund. Es war also nicht leicht, eine Stelle zu finden, an der sich ordentlich Beute machen ließ. Endlich brach ich auf: Mein Tümmler schnurrte und schob den Kahn durch den Kanal, dem See entgegen. Ich war rundum glücklich und voller

Erwartung. Eine Stockentenmutter versteckte ihre fast flüggen Kinder im Schilfgürtel und die Blesshühner rannten flügelschlagend über die Wasseroberfläche, als ich näher kam. Auf der Kanalwiese hinter dem Waldhof schreckte ein Rehbock auf und sprang in den nahe gelegenen Waldstreifen hinein. Die Sonne hatte längst die Kiefern am östlichen Horizont unter sich gelassen und war eifrig damit beschäftigt, den Morgentau von den Halmen und Blättern zu naschen. Ich erreichte den See. Eine leichte Brise kräuselte die silbrige Oberfläche des großen Wassers. Ich wollte zur Bucht hinter dem Woroschilowlager. Dort gab es große Barsche und stramme Aale. Doch unerwartet setzte mein Tümmler aus. Ich tauschte die Zündkerze und überprüfte den Vergaser. Trotz aller Bemühungen wollte der alte Motor nicht mehr anspringen. Er war wohl sauer. Über den Motor gebeugt, hatte ich nicht darauf geachtet, wohin der Morgenwind meinen Kahn in der Zwischenzeit getrieben hatte. Plötzlich knirschte und schurrte es unter dem Kiel und ich saß fest. Ich war aber noch immer ca. 40 Meter vom Ufer entfernt, unterhalb von Röddelin.

Obwohl ich geglaubt hatte, den See gut zu kennen, war mir völlig neu, dass es hier eine Sandbank gab. Da der Motor noch immer streikte, beschloss ich, an Ort und Stelle zu bleiben, um hier mein Glück zu versuchen. Zur Sicherheit warf ich noch den Anker über Bord. Nun konnte es losgehen. Der erste Köderfisch zappelte schon an der Wurfangel und senkte sich auf den Grund vor der Sandbank. Ich wollte nun die zweite Angel bestücken, als die erste schon lossauste. Das war eine freudige Überraschung. Überhastet hieb ich an und spürte den schweren Fisch, welcher nach kurzer Gegenwehr die Angel freigab. Was war das? Schnell kam der nächste Köderfisch ins Wasser. Und sofort erfolgte der Biss. Das Ergebnis war das gleiche. Fisch ab! Beim nächsten würde ich länger warten. Den nächsten Anstecker köderte ich am Maul und warf auch die zweite Angel aus. Da pfiff die 40er schon in wahnwitzigem Tempo durch die Ringe. Im Handumdrehen waren 30 bis 40 Meter von der Spule. Jetzt erst blieb der Fisch stehen. Nach kurzer Verschnaufpause schwamm er wieder los, nun aber bedächtig, ohne Hast, fort ins tiefe Wasser. Schwerfällig kämpfend bewegte sich der Fisch. Kein Rucken wie bei einem Aal, kein Hin und Her wie bei so manchem Hecht oder großem Barsch. Nur leichte Bewegungen zeigten an, dass hier kein dicker Ast, sondern ein schwerer Fisch am Haken war. Der Kescher war längst nass, als ich die letzten Meter Schnur aufrollte.

Dicht unter der Oberfläche im Flachwasser sah ich ihn: einen stattlichen Zander. Er ging ohne große Gegenwehr über den Kescher und lag kurz darauf auf dem Boden des Bootes. Circa vier Kilo brachte er auf die Waage, aber es blieb mir keine Zeit zum langen Überlegen. Die zweite Angel war auch schon angenommen und das Schauspiel wiederholte sich. Auch der zweite Fisch war erbeutet. Er glich seinem Vorgänger wie ein Ei dem anderen.

Da diese Geschichte schon lange zurückliegt und mein Verstoß gegen die Fischereigesetze somit längst verjährt ist, will ich die Wahrheit sagen: In einer Stunde hatte ich sieben Zander im Boot; für die große Verwandtschaft eine vorzügliche Überraschung. Ich schüttete die restlichen Köderfische über Bord, nahm den Anker und die Angel in meinen Kahn, um noch ein paar Minuten der Besinnung bei einem Pfeifchen einzulegen. Jetzt erst wurde mir klar, dass es wohl der ergiebige Regen des Vormonats gewesen war, welcher mir zu solchem unverhofften Erfolg verholfen hatte. Die Sandbank war durch einen Graben, welcher unter der Röddeliner Straße hindurchführte, aufgeschwemmt worden. Denn sonst war das Wasser hier nicht flach: Zwei Meter vom Schilf entfernt, konnte man zwei bis vier Meter Tiefe loten.

Das Regenwasser hatte neben dem Sand auch noch allerlei anderes mit in den See gespült: Insekten, Würmer usw. waren für Tausende von Plötzen und ihre Artgenossen ein wahrhaft gefundenes Fressen. Dass sich bei dieser großen Masse von Kleinfischen auch ein Schwarm Zander einfand, war fast logisch, denn bequemer konnten die Großmäuler ihren riesigen Appetit wohl kaum stillen. Dass das Wasser hier durch die Schwämme auch trüber war als anderswo, kam den Zandern mit ihrer Vorliebe für solches Wasser sehr entgegen. Mein defekter Motor hatte mich durch Zufall in diese Fischgründe verschlagen. Nun stakte ich das Boot ins tiefe Wasser, riss den Motor an, der auf Anhieb ansprang, und schnurrte mit meiner ungewöhnlich reichen Beute bis zur Anlegestelle hinter der Badischen Brücke. In jenem Monat konnte ich zu jeder Tageszeit, bei jedem Wetter, bei Sonne, bei Regen, gleich, aus welcher Richtung der Wind wehte, zur Sandbank fahren. Immer dauerte es nur kurze Zeit, bis ich meine Zander hatte. Jeder Anstecker brachte mir Erfolg, Fehlbisse gab es nicht mehr. Es kam vor, dass ich nur mit zwei Köderfischen auf den See hinausfuhr und schon nach einer Stunde mit zwei prächtigen Zandern an Bord wieder anlegte.

Doch wer kann so viel Anglerglück auf Dauer geheim halten? Nur einem Sportfreund hatte ich mein Geheimnis verraten und wenige Tage später lag eine ganze Flotte um meinen Zanderberg. Keiner warf da umsonst seinen Anker, alle bekamen ihren Anteil. Doch als der Fischer das spitzbekam, war die Freude aus. Nun wurden die restlichen Stachelrücken mit dem großen Netz gejagt und endgültig vergrämt. Egal, das Erlebte kann mir keiner nehmen. Meine Nachkommen werden die Geschichte wohl als Anglerlatein abtun, aber ich habe dabei gelernt, wie man Zander fängt. Und das kam mir in den folgenden Jahren oft zugute.

Der unheimliche Wels

Den Templiner Kanal kannte ich wie meine Westentasche. Ich wusste, wo die alten Barsche unter den umspülten Wurzeln der Erlen ihren Unterschlupf hatten, wo unter den überhängenden Zweigen die großen Hechte auf Beute lauerten und wann man an bestimmten Stellen schwere Bleie fangen konnte. Mir war, als könnte ich durch das Wasser die Welt auf dem Grund erkennen wie den Garten von Müllers.

Wenn der Stint zum Laichen stromaufwärts zur Fischerhütte zog, waren die Aale nicht weit, und zu Pfingsten kamen auch Zander und besetzten die sandigen Buchten am Schilfgürtel, um ihre Brut zu pflegen. Im Juni gab es auch noch einige große Schleie, die nach der Hochzeit besonderen Hunger hatten. Viele der genannten Fische hatte ich schon gelandet – und oft mehr von ihnen, als die heutigen Gesetze erlauben. Nur der größte, der heimliche Vielfraß, der marmorierte, schnauzbärtige Nachträuber, der Wels, gab mir noch Rätsel auf. Ihn zu überlisten und zu bändigen, das war mein Traum. Ich kannte seine Verstecke unter dem Fenn gegenüber der alten Kläranlage und zwischen den gesunkenen Langholzstämmen im Flügelschen Hafen. Dort konnte man ihn beobachten, das heißt, er ließ sich nicht direkt sehen, aber kurz vor der Dämmerung, wenn die Julisonne den westlichen Horizont nach einem glutheißen Tag erreichte und die Schatten der Weiden immer länger werden ließ, dann wurde er aktiv. Er schob seinen walzenförmigen Körper dicht über den schlammigen Grund und tastete mit seinen Barteln nach Beute. Ihm war alles recht: Fische, Frösche, Krebse, selbst ertrunkene Vögel verschluckte er. Er verschmähte aber auch Würmer und Mäuse genauso wenig wie junges Wassergeflügel. Nichts war vor ihm sicher. Sein breites Maul war unersättlich und dennoch…, er war nicht zu überlisten.

Ich saß nun schon eine Woche jeden Abend an der Stelle, die er regelmäßig für seine nächtlichen Raubzüge aufsuchte. Die speziell für ihn vorbereitete Angel mit der 50er Schnur und dem Drilling missachtete er völlig.

Wenn er auf dem Grund vorbeischwamm, hinterließ er an der Wasseroberfläche eine breite Blasenspur. So konnte man ihn kommen sehen. Die Angel lag direkt vor ihm. Aber regelmäßig, kurz bevor er sie erreichte, verließ er seinen Weg und machte einen kleinen Bogen um den zappelnden Köder. Was hatte ich ihm schon alles angeboten! Doch nichts konnte ihn bewegen, an den Haken zu gehen.

Eines Abends wartete ich wieder auf meinen heimlichen Burschen. Ich hatte einen übergroßen Gründling angesteckt und eine Handbreit über den Grund gestellt. Der dickbäuchige Korken lag still auf dem Wasser. Es wurde dunkel. Plötzlich, völlig unerwartet, blubbste das Flott unter. Das Herz schlug mir bis zum Hals. Sollte es heute klappen? Automatisch fasste ich meine Rollangel fester. Aber er nahm keine Schnur. Die Pose blieb verschwunden, die Sehne jedoch hing ohne Bewegung schlaff in den Führungsringen. Was war das? Ein Angelfreund, der ähnliche Absichten wie ich verfolgte und nur wenige Meter neben mir auf Erfolg hoffte, hatte meine gespannte Haltung bemerkt und trat leise heran. „Hat er gebissen?", fragte er. „Ich weiß nicht", antwortete ich mit belegter Stimme. „Er nimmt keine Schnur, aber das Flott ist weg." Wir warteten noch ein paar Minuten, dann knipste ich meine Taschenlampe an und suchte die Schnur in Richtung Flott ab. Zu meinem Erstaunen stand der dicke Korken nur knapp unter der Wasseroberfläche an genau der Stelle, wo er vorher geschwommen war.

„Hau an, ich leuchte, ich nehme auch den Kescher", sagte mein Angelfreund. Vorsichtig, ganz langsam, rollte ich die lose Schnur auf meine Rolle auf. Bevor ich den Anhieb wagte, prüfte ich noch einmal, ob die Bremse nicht zu fest eingestellt war, damit der Fisch, wenn nötig, auch Schnur nehmen konnte und nicht alles in Fetzen ging. Alles klar, jetzt, der Hieb saß. Mir war, als hätte ich einen Baum am Haken. Die Rute bog sich zum Halbkreis. Die Rolle gab ein, zwei Meter frei. Dann rauschte das Wasser vor mir. Schlamm spritzte mir ins Gesicht. Ein weißer Fischbauch, über einen Meter lang, war zu sehen. Der große Unterfangkescher war unter ihm. Eine letzte Anstrengung, und wir hatten die Beute gelandet.

Aber was war das? Nicht der dickbäuchige Wels, den ich erwartet hatte, war mir an den Drilling gegangen, sondern ein ganz gewöhnlicher Hecht. Den Köderfisch hatte er als letzten Happen vor seiner Nachtruhe noch verspeist, und dann war er nichtsahnend mit dem Haken im Magen eingedöst. Obwohl er fast sechs Kilo auf die Waage brachte, mischte sich in die Freude des Erfolgs ein wenig Enttäuschung. Denn der verfolgte Räuber der Nacht war noch immer in Freiheit.

Die nächsten Abende brachten zwar einige Räucherstrippen, aber der Wels ließ sich nicht sehen. So beschloss ich, den Standort zu wechseln. Mit dem Boot wollte ich es im Floßhafen versuchen. Das war ein Abend: Gewitterschwüle, kein Blatt regte sich, weit im Südosten sah ich Wetterleuchten. Die Oberfläche des Kanals sah aus wie ein geheimnisvoller, düsterer Spiegel. Lautlos glitt eine Bisamratte am Schilfgürtel entlang durch das Wasser. Hinter ihr kräuselten dunkle Wellen die Fläche in zwei Teile. Ich saß in meinem Boot. Zwei Angeln lagen auf Grund: eine mit Tauwurm und eine spezielle mit einem Köderfisch. Eine 200-Gramm-Plötze lag, von einer schweren Laufpose festgehalten, am Grund des Floßhafens. Auf Anraten erfahrener Angler hatte ich die Schnur noch verstärkt. Eine 60er war aufgespult, für alle Fälle. Trotz Kescher hatte ich auch noch ein Gaff mitgenommen. So saß ich zusammengekauert im dichten Pfeifenqualm zwischen Millionen von Mücken, die mich umschwärmten. Ohne Mückol wäre ich sicher schon so leergesaugt gewesen wie eine ausgequetschte Zitrone.

Bis nachts halb zwölf hatte ich zwei brauchbare Aale gefangen. Eine halbe Stunde wollte ich noch dranhängen, dann wollte ich Schluss machen. Plötzlich rauschte meine 60er von der Rolle. Schnell zog ich die Stockangel ein und schnitt die Leine, mit der ich das Boot an einem Pfahl festgemacht hatte, mit meiner Hippe durch. Jetzt erst nahm ich die schwere Angel in beide Hände. Der Fisch hatte schon die Hälfte der Schnur genommen, es hatten nur 50 Meter draufgepasst. Gleichmäßig zog er weiter, hin zur Kanalmitte in Richtung Röddelinsee. Nur noch wenige Meter waren auf der Spule. Jetzt musste ich anhauen. Die Sehne sang das hohe C, aber der Fisch war nicht zu bremsen. Das Boot setzte sich in Bewegung, die Sehne war alle. Das Tempo nahm zu. Lautlos glitt das Boot den Kanal entlang. Eine kleine Bugwelle kräuselte das Wasser. Vor mir eine breite Blasenspur. „Bleib in der Mitte, alter Freund", dachte ich laut, „einmal müssen auch deine Kräfte schwinden." 200 Meter hielt er sich an meine Wünsche. Dann aber machte er kehrt, nachdem er einen Begrenzungspfahl, der dort noch von früher stand, umschwommen hatte. Der Kanal schien zu kochen. Das Platzen der unzähligen Gasbläschen verursachte ein eigenartiges Zischen.

Mit größter Anstrengung versuchte ich, mit dem Boot um den Pfahl herum zu kommen. Aber bevor es mir gelang, legte der alte Wels noch einen Zahn zu und aus war der Traum. Die 60er war zerrissen, sie pfiff mir um die Ohren, alles vorbei. Den Fluch, der mir dort auf dem See entschlüpfte, möchte ich hier nicht wiederholen, doch selbst der Fischreiher wandte sich erschrocken ab. Schweißgebadet, mit zitternden Knien, ließ ich mich keuchend auf den Sitz fallen. Er hatte es wieder einmal geschafft. Im Freiwasser wäre er mir diesmal

nicht entkommen, aber hier, wo allerlei Unrat den
Grund bedeckte, hatte er seine Chance genutzt. In dieser Nacht durchträumte ich meinen Kampf noch einmal. Aber auch in den nächsten Wochen verfolgten
mich die Gedanken an das Erlebte. Im darauffolgenden
Jahr fing der Fischer zwei Welse in der Bucht, jeder wog
80 Kilo. War einer davon vielleicht mein Kämpfer? Wer
weiß. Aber es gab noch einige seiner Gattung in Freiheit. Vielleicht klappte es ja beim nächsten Mal.

Angelausflug in der Erfurter Bucht

Es stürmte. Regen klatschte gegen die Windschutz-
scheibe des Motorbootes. Mein Sohn und ich fuhren
zum Röddelinsee, den Kanal abwärts. Wir hatten den
Angeltag lange geplant und gut vorbereitet. Meine Frau
protestierte: Aus Sorge um unsere Gesundheit wollte
sie nicht, dass wir bei diesem Wetter auf den See hin-
ausfuhren. Es war wirklich ein Sauwetter. Eine steife
Nord-West-Brise blies uns den kalten Regen in die Gesichter. Das poröse Gummizeug und der Regenumhang
reichten nicht aus, um das Wasser abzuhalten. Im Kanal
war es noch auszuhalten, aber als wir auf den See kamen, wurde selbst mir, der ich einiges gewöhnt war, die
Sache fast zu bunt.

Der Tümmler kämpfte sich mühsam durch die
Schaumkämme der tragenden Wellen. Das Boot hüpfte
über den aufgewühlten See und die Planken ächzten
unter der Wucht des Wassers. Wir mussten dichter ans
Ufer heran, dort schützten die Bäume ein wenig vor

dem Sturm. Bis zur Bucht, welche von den Einheimischen die „Erfurter Bucht" genannt wurde, weil dort in jedem Jahr Leute aus Erfurt ihren Urlaub verbrachten, schafften wir es. Hier war es nicht mehr so windig. Wir ankerten kurz unter Land, circa zwei Meter von der Schilfkante entfernt. Köderfische zu fangen war nicht möglich. Deshalb mussten wir die winzigen Plötzen nehmen, die uns als einzige auf die Senke gegangen waren. Es war aber nur ein Lippenköder möglich.

Zwei Angeln legten wir aus. Wir waren durchnässt und wollten nur kurz versuchen, ob etwas beißen würde. Kein Angler war außer uns draußen; so verrückt war keiner. Unerwartet der erste Biss. Ich gab dem Fisch nicht viel Schnur. Der Anstecker war so klein, er musste sitzen. Und ob er saß! Ich musste nach dem Anhauen schnell die Bremse lösen, sonst wäre die Schnur gerissen. Ein mächtiger Fisch war da am Haken. Auf Zander waren wir aus gewesen, aber das war ganz bestimmt kein Zander. Hin und her ging die ausgedehnte Flucht. Ich hielt stramm dagegen – immer darauf bedacht, die Schnur nicht zu überfordern. An Drillen war nicht zu denken. Ich bekam ihn nicht dichter ans Boot. Mein Sohn hatte längst den Unterfangkescher bereit, da stieg der Fisch hoch und schnellte etwa 20 Meter von uns entfernt aus dem Wasser. Es war ein Riesenhecht; ich schätze ihn auf 15 Kilo. Das Wasser spritzte, der Räuber verschwand, um in der Tiefe wieder Schnur zu nehmen. Mit einem einfachen Haken ohne Stahlvorfach kriegen wir den nicht, dachte ich. Noch einmal schoss der Riese aus dem See. Den Rachen weit aufgerissen, gab er seine Abschiedsvorstellung. Er war wieder frei.

„So ein Mist!", zischte ich in den Sturm, als wir hinter uns eine Stimme hörten: „Na, sowas habe ich noch nicht gesehen. Wenn da solche Ungeheuer drin sind, gehe ich hier nicht mehr baden." Es war ein Erfurter Urlauber, der, in einen Umhang gehüllt, vor seinem Wohnwagen stand und uns beobachtete. Ich war sauer. Ich dachte, der Hecht hätte uns durch seinen Radau auch die anderen Fische verjagt, aber für lange Überlegungen blieb gar keine Zeit. Die zweite Angel brauste los. Dieser Fisch war zu schaffen: ein Zander, zwei Kilo. Glück im Unglück. Mein Sohn hatte inzwischen die zerrissene Angel in Ordnung gebracht und ausgeworfen. Sofort erfolgte ein erneuter Biss – ein Hecht, zweieinhalb Kilo. Nun hatte uns das Jagdfieber gepackt. Dem Urlauber fielen beinahe die Augen aus dem Gesicht, als wir in knapp 30 Minuten zwei Zander und drei Hechte ins Boot brachten. In unserer Freude warfen wir ihm einen Zwei-Kilo-Hecht an Land. Froh zog er ab, um das Geschenk seiner Frau zu bringen. Kurz darauf kam er zurück und rief durch den Wind: „Meine Frau lässt fragen, ob man den abziehen muss." Wir lachten und gaben ihm eine ausführliche Gebrauchsanweisung für die Zubereitung des Hechts. Sicher kannte er bis dahin nur Fischstäbchen oder Büchsenfisch. Völlig durchnässt und durchgefroren, aber überglücklich, waren wir zu Mittag wieder zu Hause.

Eisangeln

In diesem Jahr war der Winter früher gekommen als erwartet. Schon im Oktober gab es die ersten Nachtfröste und im November waren alle Bäume kahl. Am 20. des Monats schneite es Tag und Nacht, die weißen Daunen hüllten alles ein und bedeckten die junge Saat zwanzig Zentimeter hoch. Erst danach wurde es richtig kalt. Der See erstarrte und selbst den Kanal bedeckte eine Eiskruste. Mühsam waren die Wasservögel, Enten, Blesshühner und Schwäne damit beschäftigt, einige Stellen im See durch dauerndes Schwimmen eisfrei zu halten. Aber ihre verzweifelten Versuche wurden vom Dauerfrost vereitelt. Nach einer Woche war ihre eisige „Badewanne" auf eine winzige Fläche zusammengeschrumpft. Nun gaben sie auf, um weiter südwestlich ihr Glück zu versuchen.

Für uns Angler war die „Eiszeit" weniger betrüblich. Am 5. Dezember hatte das Eis eine Dicke von 15 Zentimetern erreicht und damit alle Voraussetzungen für ein erfolgreiches Angeln ohne Einbruchgefahr geschaffen. Einige Übereifrige hatten, wie in jedem Jahr, schon damit begonnen als es erst halb so dick war. Zum Glück war alles gut gegangen. Auf dem Binsenberg des Stadtsees herrschte Hochbetrieb. Die Plötzen bissen gut. Sie nahmen jeden Köder an, am liebsten Holzmaden. Viele angelten mit Fleisch bzw. Schmelzkäsekrümchen. Der Erfolg blieb nicht aus. Als ich nach drei Stunden ungefähr 120 Plötzen im Beutel hatte, packte ich zusammen und markierte das Eisloch mit einem Schilfbüschel. Ich hatte einen Schlitten mit einer Wolldecke als Sitz- und Transportmittel mitgenommen. Alles war verstaut und nun ging es heimwärts. Es dämmerte schon, als ich am Schilfgürtel ein größeres Eisloch entdeckte. Kurz entschlossen machte ich noch einmal halt. Eine Rolle mit 45iger Sehne, Blei und Haken war schnell zur Hand. Eine von den zuletzt gefangenen lebendigen Plötzen wurde hastig angeködert und, plumps, lag sie im Wasser. Der Köderfisch kreiste einige Runden unter dem Eis, dann gab es einen Ruck und die Schnur zischte mir durch die Finger. Nach kurzem Halt wollte der Raubfisch weiterschwimmen, doch das durfte nicht sein. Ein kurzer Anhieb und ohne langes Geplänkel holte ich die sechs bis sieben Meter zügig ein. Mit Schwung schoss der ca. drei Kilo schwere Hecht aus dem Wasser auf das Eis. Der Haken hatte gut gesessen. Schnell steckte ich noch eine Plötze an die Angel. Der Erfolg war überraschend. Ein weiterer Hecht schien förmlich auf den Happen gewartet zu haben. Er sauste damit hinunter in die Tiefe. Es konnte nichts passieren; ich ließ ihm freien Lauf und auch dieser Fisch landete kurz danach auf der Eisfläche. Die Schnur hatte mir die Finger aufgerissen, aber die Freude über den überraschenden Erfolg ließ mich alle Schmerzen vergessen. Schwerbeladen trat ich den Heimweg an. Sieben Kilogramm Hecht und die Plötzen, das lohnte sich. Aus dem gleichen Hechtloch zog ich bis Ende Dezember an drei Tagen noch weitere fünf Hechte. Einer riss mir das Vorfach durch und ein weiterer brach vom großen Drilling auf einen Schlag alle drei Haken weg. Den mit dem geraubten Vorfach fing ich noch; er hatte den Haken mit dem Vorfach noch im Maul. Dann begann die Schonzeit und die Hechte hatten, zumindest an diesem Eisloch nichts Schlimmes mehr zu befürchten.

In der Bahnhofstraße

1960 wohnten in der Bahnhofstraße 19 viele Familien – junge, alte und sehr alte. Wir gehörten zu den jungen und Familie Hucksdorf zu den alten. Herr Hucksdorf war ein bekannter Geflügelzüchter. Neben seltenen Hühnerrassen nannte er auch Gänse und Enten sein Eigen.

Die Hühner durften auch auf der Wiese nach allerlei Leckerbissen suchen. Allerdings, so lange Herr Hucksdorf Geflügel züchtete, erlaubte er nicht, dass auch unser Hahn den Auslauf mitmachte. Er hätte sonst seine Rassehennen verführt und dann wäre es aus gewesen mit der Reinrassigkeit des Nachwuchses. Unser Federvolk war eine bunte Bauernhofmischung. Uns ging es nicht um Zuchtpreise, sondern nur um die Eier.

Es war Mai. Die dickste Henne unserer bunten Hühnerschar, eine Blausperberhenne, legte nicht mehr; sie gluckte. Das Legenest hielt sie schon tagelang besetzt. Die anderen Hühner mussten sich neue Legeplätze suchen. Mir kam eine Idee: Warum sollte man diese Brutbesessenheit nicht ausnutzen? Ich kaufte bei Richard Springborn acht Enteneier und legte sie der gesprenkelten Glucke unter. Nun war sie froh, endlich ungestört brüten zu können. Sie war so eifrig, dass wir sie nach einigen Tagen vom Nest nehmen mussten, damit sie zum Fressen kam. Mitte Juni schlüpften die Küken. Die Hühnermutter war stolz und es kümmerte sie nicht, dass ihre Kinder ganz anders aussahen als Hühnerküken. Sie führte sie im eigens für sie gebauten Zwinger herum und wollte ihnen das Scharren beibringen. Doch ihre diesbezüglichen Bemühungen blieben ohne Erfolg. Die kleinen Entchen folgten ihr wohl, aber ihre Schwimmfüße eigneten sich nicht dazu, in der Erde zu kratzen. Jetzt war es an der Zeit, neben gekochten Kartoffeln und fein gehackten Nesseln auch besondere Kost für die Entenkinder zu beschaffen. Fische gab es im Kanal, besonders an der alten Kläranlage, in Massen. Täglich wurden sie frisch gefangen und zuerst kleingehackt verfüttert. Es war eine Freude, wenn sich die gelben Wasservögel auf das Futter stürzten. Sie wuchsen sehr schnell. Bald hatten sie die Pflegemutter in Größe und Gewicht eingeholt. Nun brauchten wir die gefangenen Fische nicht mehr zerkleinern, die Enten würgten sie im Stück hinunter, bis ihre Kröpfe zu platzen schienen. Dann erst waren sie zufrieden. Durch die übervollen Kröpfe hatten sie so ein Übergewicht im Vorderteil, dass sie nicht mehr laufen konnten. Dann lagen sie platt auf dem Boden und dösten verdauend vor sich hin. Nur ab und zu hoben sie das Hinterteil etwas an, um sich der Reste des Verdauten zu entledigen. Diese Ruhepausen dauerten aber nicht lange. Sie schienen nur auf der Welt zu sein, um zu fressen und zu kacken. Jetzt waren sie schon zugefedert und dennoch versuchte die Glucke das Unmögliche: Sie versuchte vergeblich, ihre Ziehkinder unter die Flügel zu nehmen. Als ich den Entenkindern aber eine große Wanne im Zwinger eingegraben und mit Wasser gefüllt hatte, war die Glucke völlig verzweifelt. Ihre Kinder gingen ins Wasser, schwammen und gründelten in ihrem Pool. Sie rannte dann aufgeregt um den künstlichen Tümpel herum und wollte sie vor dem Ertrinken bewahren. Nach sieben Wochen waren unsere Enten erwachsen und die Glucke konnte sich wieder ihrem ganz normalen Hühnerleben zuwenden.

Unser Braunchen

Als Herr Hucksdorf aus Altersgründen die Geflügelzucht aufgeben musste, konnten unsere Hühner mit ihrem stolzen Hahn das gesamte Gelände hinter dem Haus für sich nutzen. Zweimal am Tag bekamen sie Futter: morgens, wenn die Hühnerklappe geöffnet war, und am Abend, bevor sie auf die Schlafstangen im Stall flatterten. Wenn wir abends mit dem Futter aus der Haustür kamen, liefen sie uns schon freudig und voller Erwartung entgegen, allen voran unser Braunchen. Die aschbraune, mittelschwere Henne erzählte uns dann auf dem Weg zum Stall von ihren Erlebnissen des Tages und wo es das Futter gab. Gackgackgack! Dabei drehte sie den Kopf ständig von einer Seite zur anderen. Aber auch alle anderen kamen dazu und die bunte Hühnerschar begleitete uns bis zur Futterstelle.

Unter den großen Hennen waren seit kurzer Zeit auch Zwerghühner mit ihrem Hähnchen. Zwergwilsumer sind fleißige Leger. Eine der sechs Zwerge ließ sich seit einigen Tagen nicht mehr blicken. Wir glaubten schon, der Habicht oder der Fuchs hätten sie geholt. Diese Räuber waren schon öfter von den Kanalwiesen her bis in unseren Hühnerhof vorgedrungen. Groß war die Überraschung, als unsere Vermisste eines Tages völlig unerwartet auf dem Hof erschien. Hinter ihr her trippelten acht kleine Zwerghühnchen. Die kleine Glucke hatte heimlich im Holzschuppen ihr Nest gebaut und die Eier ausgebrütet. Stolz zeigte sie nun den übrigen, aber besonders dem Vater, ihre Kinderschar. Unsere Zwerghenne war aber nicht die einzige, die ihre Eier im Holzschuppen legte. Durch Zufall fand ich ein

Gelege mit zwölf Eiern. Die hatte eine fremde Henne hier versteckt, doch wem diese fleißige Legehenne gehörte, blieb ein Geheimnis.

Das Pilzgericht

Kinder aus der Nachbarschaft hatten im Wald viele Pilze gesammelt. Am Sonnabend sollten diese zu Mittag zubereitet werden. Der Onkel und die Tante aus Berlin waren auch zu Besuch. Nun war es so weit: Die geschmorten Pilze verbreiteten einen würzigen Duft im Haus. Alle hatten sich am Tisch versammelt, als die Mutter die große Schüssel brachte. Alle waren ungeduldig und voller Erwartung. Das Gericht sah köstlich aus. Nur Tante Berta machte ein bedenkliches Gesicht.

„Was ist denn, Berta?", fragte der Vater.

„Ach, ich dachte nur: Werden auch keine giftigen Pilze dabei sein? So ganz aus Versehen …"

Nun schlug die Stimmung um. Auch die Mutter, die ja als Köchin voll verantwortlich war, zögerte plötzlich. Ein Pilz war dabei gewesen, den hatte sie erst nach langem Zureden der Kinder mit in den Topf geschnitten. Den kannte sie selbst nicht. Nun griff Unsicherheit um sich.

Da hatte Karlchen eine Idee: Wir geben Biene, der Hündin, etwas von den Pilzen. Wenn sie frisst und sie bekommen ihr, dann ist alles in Ordnung. Gesagt, getan. Biene bekam eine Kelle in ihren Napf und schleckte die Mahlzeit begierig auf. Die Familie war erleichtert und nun schwelgten alle und lobten die Sammler, aber vor allem die Köchin. Kurz vor dem Kaffee, zwei Stunden nach dem Mittagessen, begann Biene unruhig im Zimmer auf und ab zu laufen, sie wälzte sich auf dem Teppich und winselte erbärmlich. „Die Pilze!", schoss es aus Tante Berta heraus und sofort brach Panik aus. „Schnell, den Notdienst! Wir müssen uns den Magen auspumpen lassen!" Vater rief im Krankenhaus an. Mit Tatütata kam der Wagen angebraust, alle drängten sich hinein und ab ging's. Nach einer Stunde waren alle ihren Mageninhalt los und die Angst vor der Pilzvergiftung war vergessen.

Als Mutter die Wohnungstür öffnete, kam ihr Biene fröhlich entgegen. Wir hatten sie in dem Chaos völlig vergessen, obwohl sie ja als Vorkoster des Pilzgerichtes der Anlass für die Aufregung gewesen war. Sie bemerkte, dass Biene irgendwie dünner geworden war. Erst jetzt sahen alle die Bescherung: Unsere Hündin hatte im Wohnzimmer drei drollige, weiß-bunte Welpen zur Welt gebracht. Mit ihnen hatten wir später noch viele schöne Erlebnisse, aber der Tag ihrer Geburt blieb allen am längsten in Erinnerung.

Nachwort

Seitdem sind viele Jahre vergangen. Klaus Köppen hat nach einem Fernstudium über zwanzig Jahre lang als Diplompädagoge an einem Gymnasium gearbeitet. Sein gesamtes Leben lang versuchte er, seinen Schülern die Natur nahezubringen.

Seine Geschichten erinnern in lebendiger, bildhafter Sprache an eine Zeit, die sich niemals wiederholen darf, und sie erinnern die Menschen daran, dass sie selbst ein Teil der Natur sind. Denn nur, wenn das den Menschen bewusst ist, werden sie sie beschützen, damit aufhören sie zu zerstören und wieder beginnen, im Einklang mit ihr zu leben. Ich bin dankbar, dass ich ihn als sein Sohn in seinem bisherigen Leben begleiten durfte, und wünsche mir, dass er noch viele Geschichten zu Papier bringt.

Hartmut Köppen

www.tredition.de

Über tredition

Der tredition Verlag wurde 2006 in Hamburg gegründet. Seitdem hat tredition Hunderte von Büchern veröffentlicht. Autoren können in wenigen leichten Schritten print-Books, e-Books und audio-Books publizieren. Der Verlag hat das Ziel, die beste und fairste Veröffentlichungsmöglichkeit für Autoren zu bieten.

tredition wurde mit der Erkenntnis gegründet, dass nur etwa jedes 200. bei Verlagen eingereichte Manuskript veröffentlicht wird. Dabei hat jedes Buch seinen Markt, also seine Leser. tredition sorgt dafür, dass für jedes Buch die Leserschaft auch erreicht wird

Autoren können das einzigartige Literatur-Netzwerk von tredition nutzen. Hier bieten zahlreiche Literatur-Partner (das sind Lektoren, Übersetzer, Hörbuchsprecher und Illustratoren) ihre Dienstleistung an, um Manuskripte zu verbessern oder die Vielfalt zu erhöhen. Autoren vereinbaren unabhängig von tredition mit Literatur-Partnern die Konditionen ihrer Zusammenarbeit und können gemeinsam am Erfolg des Buches partizipieren.

Das gesamte Verlagsprogramm von tredition ist bei allen stationären Buchhandlungen und Online-Buchhändlern wie z. B. Amazon erhältlich. e-Books stehen bei den führenden Online-Portalen (z. B. iBookstore von Apple) zum Verkauf.

Seit 2009 bietet tredition sein Verlagskonzept auch als sogenanntes "White-Label" an. Das bedeutet, dass andere Personen oder Institutionen risikofrei und unkompliziert selbst zum Herausgeber von Büchern und Buchreihen unter eigener Marke werden können.

Mittlerweile zählen zahlreiche renommierte Unternehmen, Zeitschriften-, Zeitungs- und Buchverlage, Universitäten, Forschungseinrichtungen, Unternehmensberatungen zu den Kunden von tredition. Unter www.tredition-corporate.de bietet tredition vielfältige weitere Verlagsleistungen speziell für Geschäftskunden an.

tredition wurde mit mehreren Innovationspreisen ausgezeichnet, u. a. Webfuture Award und Innovationspreis der Buch-Digitale.

tredition ist Mitglied im Börsenverein des Deutschen Buchhandels.